朝日文庫時代小説アンソロジー

おやこ

細谷正充・編　池波正太郎
梶よう子　杉本苑子　竹田真砂子
畠中 恵　山本一力　山本周五郎

朝日文庫

本書は文庫オリジナル・セレクションです。

目次

おやこ

つるつる

池波正太郎

池波正太郎（いけなみ・しょうたろう）
一九二三年東京生まれ。六〇年に「錯乱」で直木賞、七七年に「鬼平犯科帳」「剣客商売」「仕掛人・藤枝梅安」その他により吉川英治文学賞、八八年に菊池寛賞を受賞。著書に『真田太平記』『おせん』など多数。九〇年逝去。

一

現在（いま）でいう〔円形脱毛症〕とでもいったらよいのか……それにしても矢島市之助の場合は、ひどすぎたようだ。

――此人（この）、出生の折も幼少の頃も常人と変ることなかりしが、明和六年（一七六九年）正月、大彰院殿様修学の御相手に上るころより頭髪脱落（ぬけおち）……。

と、後年に、上田藩士・外村（とのむら）左盛が、その覚書〔通旦筆記〕に書きのこしている。

市之助は――信州・上田五万三千石松平伊賀守（いがのかみ）の家来で、矢島与右衛門というものの子に生まれた。

父の与右衛門は禄高（ろくだか）百五十石の近習頭（きんじゅうがしら）をつとめ、謹直な侍である。

市之助は矢島家の一粒種で、幼少のころから学問のすじもよく、謹厳な父と温和な母の薫陶（くんとう）によって育成されたその気稟（きひん）は、先（ま）ず、藩中子弟の模範ともいうべきもので、

「矢島のせがれどのを少しは見習うがよい」

藩士たちの家で、こんな声がよくきこえたものである。

市之助十五歳のころ、御用人・駒田外記(げき)の二女・みなとの間に取りきめがおこなわれた。

いわゆる〔許嫁(いいなずけ)〕の約がむすばれたわけである。

これは殿さまのお声がかりであったとかで、両家とも大いに面目をほどこしたものだ。

市之助が、若君・幸之進の学友にえらばれたのは、この翌年であった。

幸之進は松平伊賀守忠順(ただとし)の妾腹(しょうふく)であったが、男子は一人なので家督をつぐことにきまり、慣例にしたがい、上田から江戸屋敷へ引き移ることになった。この機に、市之助ほか三名の子弟がえらばれ、学友となったのである。

このとき幸之進は、幕府を通じて朝廷から従五位下・左衛門佐(さえもんのすけ)に叙任された。

左衛門佐は、後に松平伊賀守忠済(ただとき)となって、かなり質のよい大名の一人になったのであるが……。

少年のころは活発で、学問よりも武術に熱中したほどだから、学友たちも読書の相手ばかりしているわけにはいかない。

奥庭の芝生で、よく相撲の相手をさせられた。

いつのことであったか、左衛門佐が矢島市之助と組み合っているうち、

「こやつ」

若殿が、学友の頭を抱えてひねり倒そうとしたとき、ずるりと学友の前頭部の毛髪が脱け落ちた。一本や二本ではない。まとめてである。そこだけが殺ぎとられたようになって、地肌が露出した。

「すまぬ。痛かったか？」

十四歳の左衛門佐も、おどろいて市之助をいたわったものだが……。

これを契機にして、その後一年半ほどの間に、市之助の頭髪は、ついに、どのような小さな髷をもととのえるだけの用をなさなくなってしまったのだ。

十七歳の若者なのに、市之助の頭髪は、わずか左右の小びんに淡く残されたのみで、ひたいから後頭部にかけ、見事に禿げてしまったのである。

むろん医者にも見せたし、出来得るかぎりの手当も行なったが駄目であった。

脱毛症は現代においても、まだ、はっきりした原因がつかめていないほどだし、栄養神経障害によるものか寄生性触接伝染病によるものか、それも判然としていない。

秀才の名をほしいままにし、いずれは藩中の中堅として大いにはたらく日も来ようという紅顔が無惨な禿頭をいただくことになったのは、

「気の毒にな――」

「と思うても、あれを見ると、つい口もとがゆるんでしもうてなあ」

「あわれな、しょんぼりとした市之助の顔ゆえに、尚さら可笑しくなってくる」

と、これは江戸屋敷の侍たちの声である。

明和八年も暮れようとする或る日のことであった。

左衛門佐が学友たちと習字をしていて、

「寒い。庭で相撲をとってあたたまろう」

と、いい出した。

このとき、矢島市之助が、きめられた時間だけは学ばねばなりませぬ、などとこれをとどめ、主従の口論となったが、そのうちに、

「つるつる頭が何を申す」

若殿は怒り、たっぷりと墨をふくんでいた筆をもって、禿げ上った市之助の頭上を塗ったものである。

「ハ、ハハ、ハ……市之助に毛が生えたぞ」

学友たちばかりか、次の間にひかえていた藩士も思わず笑い声をたてた。

何しろ若殿は十五歳である。これほどのことをいったとしても罪はなかろうが、矢島市之助は顔面蒼白（そうはく）となった。

あっという間もなかった。

飛びかかった市之助は、拳（こぶし）をふるって、思いきり若殿の頭をなぐりつけた。

「何をする!!」

「おのれ……」

二つ、三つと、つづけざまに市之助は拳を見舞った。

すさまじい、殺気さえもたたえた市之助の剣幕に、左衛門佐もおびえて、ふるえ出した。

一瞬、茫然となっていた学友や侍臣たちが市之助を取り押えたのは、いうまでもない。

市之助は、江戸屋敷の締所へ押しこめられ、

「沙汰を待て」

と、いうことになった。

二

そのころの世にあって、市之助の行動は許されるべきものではない。

殿様の頭を家来がなぐりつけたのも同様だし、しかも「おのれ——」と、怒声まであびせかけたのである。

切腹になっても文句はいえぬところだが、何分にも左衛門佐は家督前の〔若君〕でもあるし、ときの江戸家老・岡部九郎兵衛も、

「やがては人の上に立ち、国を治むるべき身が、我子も同様なる家来の容貌を辱しめた、

というのは、あまり感心したことではあるまい」

いたく、市之助の心情をあわれんでくれた。

しかし、だからといって、このままに済むことではない。

いろいろともめぬいたが、結局は岡部家老の奔走によって、

「市之助は突然の発狂により、無礼をはたらいた」

と、いうことにされてしまった。

一説には、上田にある殿さまが「切腹させよ」といってきたのを、岡部がうまく説得したともいうが、松平忠順という殿さまは、それほど馬鹿ではないようだ。

さて——発狂はいいが、さらに、

「市之助には、生涯妻帯をゆるさず」

との申し渡しが、つけ加えられた。

おまけをつけなくては、おさまらなかったと見える。

つまり、狂人に妻は不要ということであった。むろん、市之助は矢島の家をつぐことは出来ない。

父の矢島与右衛門へは何のとがめもないが、与右衛門も可愛い一粒種に家名をつがせるわけには行かない。

止むを得ず、親類の喜多島家から男子を入れ、養子としたが、それは後のことである。

ともかく、こうした罪をうけ、矢島市之助は上田へ帰された。

〔狂人〕であるから、外出もゆるされない。

母は傷心のあまり、数カ月を寝込んだあげく、ついに病歿してしまった。

だが、父の与右衛門は、意外にも、

「大声にては申せぬが、ようやった。大名の子たるものが他人の容貌を辱しめるなどとは、もってのほかのことである。お前のしたことは間違うてはおらぬ。父は、このため家をつぶされてもよいと覚悟をきめていたのじゃ」

帰国した市之助を、なぐさめてくれた。

それはうれしいことであったが、

(おれは、みなどのを妻に迎えることが出来なくなったのか……)

十八歳の市之助も〔生涯妻帯をゆるさず〕には、

(むしろ切腹おおせつけられた方がよかった……)

と、ひそかに嘆いた。

何しろ、城下の町人たちが〔上田小町〕なぞとよんだほどのみなである。

このことをうらやんでいた若侍たちは、市之助の悲劇を、むしろ快く思った。

みなは落胆した。

みなも十六歳になっている。

婚約がきまったときから、何度も両家を往来し、市之助とみなは、互いに、胸の中の想(おも)いをあたためて、育て合ってきていたのだ。

たまりかねて、みなが矢島家を訪問した。

表向きにではない。矢島家の若党で佐竹新八というものが手引きし、彼女を〔若旦那さま〕に会わせようとしたのだ。

このことを事前に市之助は知らなかった。

居間に面した障子があき、戸外の闇の中から、みなが飛びこんで来たとき、市之助は思わず両手に頭を抱えた。

「市之助さま……」

叫ぶなり、みなは絶句した。

そこに両ひざをつき、両手を妙なかたちで空間を泳がせつつ、みなは瞠目(どうもく)した。

「おみなどの……」

と市之助が、涙にぬれた顔を思いきって上げたとき、この十六歳の少女は、くたくたと畳にくずれ倒れた。失神したのである。

以来、みなは、市之助との縁が切れたことを嘆かなくなった。

市之助の奇病については、上田へも噂(うわさ)がひろまっていたし、みなも心配していたのだが、三年ぶりに見る市之助の容貌が、これほどの変化をとげているとは思いも及ばなかったのであろう。

安永二年（一七七三年）三月――。

喜多島家の三男・文治郎が矢島家の養子となった。文治郎は二十二歳であり、そのころの武家の次三男に生まれたものは家をつぐこともならず、養子縁組にかなわぬ者は、一生、父兄の厄介者ですごさねばならないのだから、文治郎は大よろこびである。

よく出来た伜（せがれ）が健在なのに、みすみす他家から養子をとることになった矢島与右衛門は、

「江戸にも松代にも親類縁者がおるし、わしはな、出来ることなら市之助を外へ出してやりたい。文治郎が入った我屋敷に、あれを同居させておくことは……いかにもあわれでならぬ」

さすがにたまりかねて、同藩の侍・野村平左衛門の妻となっている妹の信（のぶ）に、こう洩（も）らした。

「左様でございますね。もっともと存じます。では、兄上――野村からもいろいろと……」

「平左衛門殿に、お前から、たのんでくれるか？」

「心得ました」

何しろ〔狂人〕であるから城下の道を歩むこともならぬという御達しなのだ。

江戸や松代へ行くことなど、もってのほかであった。

しかし、市之助は狂人なのではない。

事情が事情なのだから、野村平左衛門からも運動をしたし、矢島与右衛門も懸命に藩の重役たちへすがりついて見たが、

「贅沢を申すな。命永らえたのみにても見つけものではないか」

却って叱りつけられてしまった。

近習頭という役目柄、与右衛門も殿さまの側近く奉公する身だし、

「いっそ、直々に殿へ御願いをしてみては……」

義弟の野村平左衛門も、しきりにすすめるのだが、物堅い与右衛門は、

「御役目柄、却ってそれがならぬのだ」

いい出しかねている。

殿さまは、与右衛門の伜のことなど忘れきってしまっているようであった。

一年ほどたつうちに、与右衛門も、

(殿に思いきって……)

と、考えはじめるようになった。

このごろの市之助の様子を見ていると胸を噛まれるような気がする与右衛門であった。

そのころ、矢島家では、小さな庭の一隅に市之助が起居する離屋を建てていた。

百五十石どりの矢島家にとって、この出費は痛いのだが、

「父上。ぜひにも……」

市之助が涙あふるるままにたのむのを見ては、この願いをきいてやらざるを得ない。

養子に来た文治郎は、明朗といえば明朗、無神経といえば無神経な男であった。あまり広くもない屋敷内で途方もない大声をあげて語るし、屈託のなさすぎる笑い声をやたらにたてる。

こちらの事情を察してくれて、じめじめと神経をつかわれるよりよいかも知れぬが、文治郎は、のこのこと、市之助の部屋へあらわれて、

「暑くなったのに、そのような頭巾などかぶっておる必要はござるまい」

などといい出す。

二十歳そこそこの市之助が鼠色の頭巾で禿頭を隠しているのを見ただけでも、与右衛門はたまらなくなるのに、

「別に外へ出るわけでもないのに、あのようなことをしても仕方がござるまい」

と文治郎は、

「私は、市之助殿のためを思うて申したまででござる」

平気で、与右衛門に応ずる始末だ。

（いっそ、文治郎を離縁してしまおうか……）

とも考えた。

離屋を建てている大工は、伊助という老人で、若いもの三人ほどを相手に念入りな仕事をしている。

市之助は、一日も早く離屋へ入り、矢島家のものと全く別個に生活をはじめる気らしい。

「そこは、こうしてくれ」

とか、

「ついでに厠（かわや）もつけてくれ」

とか、めずらしく庭へあらわれ、伊助大工に指図をしたりしはじめた。小さな台所までつけて、市之助は、ここで自分が食べるものまで煮炊（にた）きしようというのである。

あれほど読書を好んだ彼が、書物も筆も事件以来は手にとらなくなっていた。

ふっくりとした顔だちも体軀（たいく）も、青黒く痩（や）せこけ、夏も障子を閉ざした小部屋に引きこもり、黙然（もくねん）と首をたれたまま暮しつづけた三年であった。

その市之助が、朝早くから庭へ出て、大工たちの来るのを待ちかねるようになった。

「この離屋は、おれが一生を送るところだ。父上が亡（な）くなれば、矢島の家も他人同然のものが主（あるじ）となる。そうなってからは手をかけることもなるまい」

市之助は、こういう考えである。

だから、大工にはまかせておけない。

この離屋が出来たなら、もう一歩も出ずに書を読み暮して一生を終えようという覚悟がついたようにも思える。

この最中（さなか）、また矢島家に変事が起った。

三

安永三年五月七日の朝、城へ出仕しようとして玄関へ出た矢島与右衛門が、突然に倒れた。

中風であった。

半身不随となった当主にかわり、養子の文治郎が矢島家の主となったのは、いうまでもない。さらに、かつて市之助の許嫁（いいなずけ）でもあり恋人でもあった駒田のむすめ・みなが、旗奉行・村田助太夫の息（そく）・亘理（わたる）の妻となった。

このことがあって一月もしたころ、藩庁は、矢島市之助の禁固を解いた。

矢島家を見舞った度重なる不幸を、藩庁も心にかけてくれたものと見える。

但（ただ）し、上田城下にかぎり通行を許す、というものであって、城外へは出られない。

だが、外へ出てもよいといわれたからといって、素直に出られるものではない。

（あわれなやつ……）

床についたきりの与右衛門は、近習見習ということで元気に出仕している養子を見るにつけても、市之助のことが思われてならない。

市之助の心境を、ここに、くだくだしくのべるまでもあるまい。

とにかく彼は新築なった離屋から一歩も出ようとしなかった。

今のところ、食事だけは下女が運んでいるのだが、

「このごろ、若旦那さまは大工仕事をしておいでだよ」

下女たちが噂（うわさ）している。

老大工の伊助とは仲よくなったらしく、ときどき、

「お離れへ通ります」

伊助がやって来ては、離屋の市之助と小半日をすごして行くこともあった。

市之助は、簡単な大工道具を伊助から手に入れてもらい、机や本箱をこしらえたり棚を吊（つ）ったり――いたく熱中しはじめたのである。

「まるで子供に返りましたな」

などと、文治郎は嗤（わら）っていたが、

（どのような仕業でもよい。市之助の心がなぐさめられるならば……）

与右衛門は、かすかなよろこびさえもおぼえた。

そのよろこびは、或る日、激烈なものとなって与右衛門を見舞った。

或る朝、目ざめると、めずらしく枕頭（ちんとう）に禿頭の市之助が微笑をしている。

「市之助か……」

「はい」

市之助が、傍（そば）にあった細工物を見せ、

「父上。ごらんなされ」

「何だ、それは……書見台のようなものじゃな」

「はい、かようにいたします」

まさに、書見台であった。

しかも、それは、身動きがならぬ病父のためにつくられた特別な品で、仰向けになったまま読書が出来るようになっており、辛うじて利（き）く与右衛門の右手が本をめくるのに程よい仕かけになっている。

「お、お前がこしらえたものか？」

「はい」

「い、市之助……」

与右衛門は叫ぶなり、絶句してしまった。

よろこびと哀（かな）しみが一つになり、与右衛門を惑乱（わくらん）させた。

「ありがたい、よう心づいてくれた」

ややあって、与右衛門が涙声でいうと、

「また何か考えます」

うれしげに、市之助が答える。

父のよろこびが感動的なものであっただけに、市之助も真実うれしくなってしまったらしい。

めずらしく笑い声をたてて、

「何か考えます。もっとよいものを考えます」

はずんだ顔の色になり、双眸(め)をかがやかせた。

「大工仕事は、おもしろいか？」

「はい」

「ふむ……それならよい」

「鑿(のみ)や鉋(かんな)を弄(いじ)っておりますと、何も彼(か)も、忘れていられますので……」

いいさして、市之助はうつ向いた。

病間の東側の開け放った縁先から射しこむ朝の陽が、うつ向いた二十歳の息子の禿頭に光るのを、与右衛門は見た。

市之助の頭には、もはや一毛も残されてはいなかった。

矢島与右衛門は蒲団(ふとん)に顔を埋め、

「たのむ、また何かこしらえて見せてくれい。たのしみに、しておるぞ」

あまりよくまわらぬ舌で、やさしくいってやった。

四

翌安永四年――。

矢島市之助は二十一歳になった。

若殿の頭に痛打をあたえてから四年目になっていた。

この年の六月九日の昼下りに、市之助は四年ぶりで外出をした。

折から梅雨期で、上田城下も、このところ雨空におおわれ、この日は朝からの雨がことに強かったといわれている。

市之助は、城下の大工町にある大工・伊助の家を訪問した。

この老大工について〔通旦筆記〕は、

――伊助事、市之助と肝胆相照らし交情睦(むつ)まじく……

とのみ、簡単に記している。

雨の日ではあるし、傘に顔を……いや頭を隠して行けば人にも見られずにすむ。

このところ屋敷へもあらわれぬ伊助は、どうやら躰をこわし寝こんでいるらしいと知って、市之助は見舞いに出かけたのである。

見舞いをすまし、市之助は、大工町から西へ通っている幅三間の道を、わが住む屋敷のある原町へ向って帰途についた。

雨は、いよいよ強い。

したがって通行の人も少ない。

傘をかたむけて歩くうちに、市之助の足駄の鼻緒が切れた。舌うちをして、市之助は身をかがめ、足駄を拾いあげた。

跣で歩くつもりであった。

身を起したとき、

（あ……）

市之助は、目の前二間のところに、村田亘理を見た。

亘理は〔上田小町〕のみないを妻にしてから一年たっていて、数日前に早くも男子をもうけたところだ。

このとき村田亘理は二十四歳。みなは十九歳になっている筈である。

亘理は、まだ家督をしていないが、いずれは四百石の旗奉行となるわけだし、市之助よりも年長だし、武術は刀も槍も上田藩中では折紙つきの若侍である。

顔をそむけて去ろうとする市之助の肩を、亘理がぐいとつかみ、

「おい」

と、いった。

「みなは元気でいるぞ」

と、いった。

そして何ともいいようのない皮肉な嗤いを、市之助へ投げつけたものだ。

この瞬間に市之助の眼が、ぎらりと光った。

それを見て、

「何だ、きさま!!」

村田亘理が一歩退いたのへ、

「わあっ!!」

絶叫をあげて、市之助が躍りかかった。

「うぬ!!」

亘理は身をひねって抜刀しようとしたらしいが、市之助の両腕は亘理の首を抱えこみ、ぐいぐいと締めつけ、

「あ……うう……う……」

腕におぼえがある筈の村田亘理が、がくりとひざを折り、前のめりに倒れ伏してしま

った。

雨にぬれ、泥にまみれてともに転倒した矢島市之助は、火のような眼で、亘理を睨みすえ、

「おぼえたか!!」

一声高く叫び上げた。

そして市之助は、放り捨てた傘も拾わず矢のように屋敷へ駆け戻ったものである。

門をぬけ、玄関を入り、廊下へ出たとたんに、文治郎と出合った。

この日、文治郎は非番である。

「や――市之助……」

文治郎が、ぬれ鼠のような市之助の血相を見て、おどろきの声をあげるのへ、

「わあっ!!」

またも、飛び上るようにして市之助が文治郎の首を抱えこんだ。

「な、何をする……これ、放せ」

「おぼえたか!!」

首を抱えたまま引きずりまわし、玄関わきの小部屋へ、投げこんでおいてから、市之助は、一散に、父の寝ている病間へ駆けこんだ。

「父上。わ、私は、只今……」

市之助が事情を手短かに語り終えると、

「よし」

矢島与右衛門は、しっかりとうなずき、このごろは、かなり明瞭になってきた言葉づかいで、

「行けい。後のことは気づかうな。矢島の家がほろびても父は満足じゃ」

と、いい放った。

「父上……」

市之助が、与右衛門の耳もとへ口をすりつけるようにして何かささやいた。

「うむ」

与右衛門の、痩せおとろえた面貌に、くっきりと喜色が浮かび、

「それでよい」

といい、さらに、

「松平伊賀守家来・矢島与右衛門の家はほろびても、新たなる矢島家が、お前によって誕生する。それでよし、それでよし。これにて、父は何も思いのこすことなし」

右手をのべて市之助の腕をつかみ、

「これが別れじゃ」

莞爾とした。

「父上――」

「行けい」

「はい」

「早う逃げよ」

「では……」

「おう」

市之助が身を起すのへ、

「そこの手文庫にある金子(きんす)、みな持ち行け」

と、与右衛門がいった。

五

この事件は、上田城下に在る人びとの耳と口とを大いによろこばせたものだ。

「これは只事ではおさまらない」

「市之助は禁を犯して脱藩した。これだけでも大事(おおごと)であるのに、前々からのこともあるし、気の毒に矢島の家は取りつぶしを喰うであろう」

「何にしても市之助は不忠不孝の男だ」

というものもあれば、

「市之助も文弱な若者と思うていたが……先には若殿のお頭をたたくし、今度は、あの腕におぼえのある村田亘理の首をしめて失神せしめたのだからな。あやつ、意外に骨の太い男だ」

というものもある。

とにかく、事件に対する藩庁の裁決は見ものであるというわけで、上田城下は寄るとさわると、このことで持ち切りであった。

十日もたたぬうちに、藩庁から、というよりも殿さまからの裁決が下った。

すなわち、次のごとくである。

一、矢島市之助は禁を犯したるにより、追放する。
一、村田亘理は、武士としての心得未熟の上に、城下通道に於て醜態を演じ不届き至極につき閉門を命ず。
一、矢島・村田両家には後構いなし。

ざっと、こうしたものであった。

意外に、寛大な処置であった。

この事件の素因は、そもそも、矢島市之助の奇病によるものであって、それが、いつまでも尾を引き、下らぬ事件を引き起すことは、不体裁きわまることである。

「このたびのことにつき、余が取り裁きをした深意を察知せよ」

と、松平伊賀守からの内示があり、家臣たちは恐懼（きょうく）した。

それから、十四年の歳月が流れた。

矢島家では、与右衛門が存命であった。

与右衛門は六十五歳になり、号を〔致菴（ちあん）〕といって、楽隠居の身分である。

病気も、ふしぎと快方に向い、再発もせず、七年ほど前から、与右衛門は杖（つえ）をひいて外へ出かけられるほどになっていた。

当主は、いうまでもなく養子の文治郎で、彼も三十八歳になり、養父と同じ〔近習頭〕にすすみ、奉公にも過不足なく、藩中の評判もよろしい。

文治郎は、妻との間に三子をもうけている。

さて――寛政元年（一七八九年）四月中ごろのある日に、矢島邸を訪れた旅人があった。

古くからいる小者の源六老人が門へ出て見ると、

「しばらくだねえ、源六――」

と、訪問者が、なつかしげに声をかけた。

源六は、

「え……?」

まじまじとながめやったが、どうも、わからない。

初夏のものといってよい陽ざしを避けて笠をかぶっている旅人は、四十がらみの男で、武士ではない。

焦茶（こげちゃ）の着物、羽織で、裾（すそ）を端折（はしょ）り、道中股引（ももひき）の上からきりりと紺の脚絆（きゃはん）をつけ、素足に麻裏草履という、いかにも垢抜（あかぬ）けた旅姿なのである。

「どなたで?」

源六が、いぶかしげにきくと、

「へえ。江戸から来た大工でね」

旅人は、笠のうちからにやにやした。

「大工……?」

「源六。お前さんも、ぼけたねえ」

旅人が笠をとって顔を見せたとたんに、

「わ、若旦那さま……」

源六は思わず叫んだ。

まさに、矢島市之助であった。

頭は、つるつるで、ぴかぴかに光っている。

その禿頭に負けぬほど、市之助の浅黒い顔は中年男のあぶらでとろりと光り、双眸が生き生きとかがやいていた。

体軀もでっぷりとして、二重にくくれた顎のあたりも堂々たる貫禄なのである。

「源六。早く入れてくれ。おれはまだ御城下へは入れぬ身の上なんだぜ」

「さアさア、お入り下さいまして……」

源六は飛ぶようにして先へ立った。

玄関へあらわれた女中たちは、市之助の顔を知らぬものばかりで、町人姿の客へ源六がぺこぺこ頭を下げるのを見て、不審そうな表情である。

「さアさア……」

源六は、あたふたと奥へ駆けこんだ。

このとき矢島与右衛門は、居間の縁側にいて爪を切っていたが、

「御隠居さま……」

駆けあらわれた老僕の顔を見て、

「さわがしいではないか」

「さわがしくもなりましょう」

「何……」

「お戻りでございます、若旦那さまが――」

「何と申す」

与右衛門は、よろめきつつ立ち上った。

そこへ、

「父上……」

市之助が来て、両手をついた。

「おう……」

といったなり、与右衛門は十四年ぶりに見る伜(せがれ)の面貌(めんぼう)を見つめ、しばらく声もなかった。

陽に灼(や)け、たくましくも豊かに肉のついた市之助の顔や躰(からだ)には、昔日のおもかげは全くない。

畳についた両手の指は節くれだっている。

「ふうむ……」

ややあって、与右衛門は唸(うな)った。

「市之助。何歳になった？」

「三十五歳になりました」

「ふうむ……」

「老けて見えましょう、父上——他人(ひと)には四十をこえて見られますよ」

「なある……」

「いかがなされましたので？」

「よう似合うわえ」

「はあ？」

「おぬしの頭よ」

ふるえるゆびで、与右衛門は市之助の見事な禿頭を指し示した。

市之助は微笑をし、

「父上。年月というものは、おそろしいものでございますなあ」

と、いい、

「なれど、江戸へ出てよりの七、八年。大工修業の間は、やはり頭と顔とが別物でして、辛(つろ)うございましたよ」

「そうか、そうか……」

いまの市之助は、江戸幕府の小普請方(こぶしんがた)に属する大工棟梁(とうりょう)・柏木栄助が片腕ともたのむ大工職になっていて、名も市蔵とあらためている。

十四年の間に、野村の叔母からの手紙で、市之助は父の様子を知り、父もまた叔母の

仲介で、江戸における息子の様子をおぼろげには知っていたが、

「それにしても……」

現実に見る市之助の変貌ぶりには、与右衛門も嘆息をもらすばかりなのである。

「おぬしの晴れ晴れとした顔色を見れば、およその察しもつくが……いまの境界にて満足なのかな？」

うなずいた市之助は、江戸土産の品々とは別に、包みをひらき、一幅の画軸を取り出してみせた。

「ごらん下さい」

「何じゃ、これは……？」

画は淡彩をほどこした人物画である。

みずみずしい丸髷にゆいあげた二十四、五歳に見える豊艶な町家の女房が、男の子に行水をつかわせている図であった。

剃った眉のあとも青々とし、唇からかすかにこぼれる鉄漿にも、女の幸福が匂いただよっている。

「この坊主……おぬしに似ておるな」

「父上の孫にございますよ」

「何……」

「私の女房子にございます」

「ほほう……」

「父上へのおみやげに、二年ほど前から、私をひいきにして下さる御公儀御絵師・梅笑昌信先生におたのみし、ようやく出来上りましたので、ひそかにやってまいりました」

「ふうむ……」

ただちに軸を床ノ間にかけさせ、矢島与右衛門は時のたつのも忘れて見入った。

老僕源六は、この不意の珍客について屋敷内のものに何も語らず、

「御隠居さまの古い知り合いで……」

とのみ洩らし、女中たちに酒肴の仕度をととのえさせた。

市之助は約一刻（二時間）をすごし、矢島家を去った。

「亡くなった伊助じいさんの墓まいりも兼ねまして、これからは年に一度、そっと父上のお顔を見にやってまいりますよ」

別れるときに市之助がいうと、与右衛門は、歓喜に老顔を紅潮させ、

「人は家に生まれ、家に育つ。両刀をたばさむべきおぬしが、ゆえあって人の住む巣づくりを職とし一家をかまえたること、わしはうれしゅう思う」

力強くいった。

「父上。まことに左様おぼしめされますか？」

「それをきいて市之助めは、十四年の胸のつかえがさっぱり除れましてございます」

「いかにも――」

矢島屋敷を出た市之助は……いや大工の市蔵は、ただちに笠をかぶった。

頭を顔を人に見られたくはないというのではない。

追放の身を見られることを、はばかったからである。

薫風を肩で切って速足に歩む市蔵の足どりは、まことに軽かった。

二輪草（にりんそう）

梶よう子

梶よう子（かじ・ようこ）
東京都生まれ。二〇〇五年に「い草の花」で九州さが大衆文学賞、〇八年に「一朝の夢」で松本清張賞、一六年に『ヨイ豊』で歴史時代作家クラブ賞作品賞を受賞。著書に『立身いたしたく候』『ことり屋おけい探鳥双紙』『葵の月』『北斎まんだら』『とむらい屋颯太』『菊花の仇討ち』、「みとや・お瑛仕入帖」「御薬園同心水上草介」シリーズなど多数。

一

小石川御薬園同心の水上草介は、千歳とともに南側の樹林を巡っていた。

葉がこんもりと茂るマンサクの木。滑らかで美しい雲紋を幹に描くカリン。暖かな陽射しの恵みを受け、皆、青々と、艶やかな葉を気持ちよさそうに伸ばしている。

まだ若い葉の香りを楽しみながら、草介は一本一本、木々を仰ぎ、幹に触れながらゆっくりと歩く。樹木は焦らず、急がず緩やかに生長し、年輪を重ねる。御薬園同心として四度目の春を迎えた草介だが、自分はいかほど成長できたのかと思う。

千歳が木漏れ陽に眼を細め、

「これはコブシですね」

自信たっぷりに白い蕾のついた樹木を見上げた。

千歳は御薬園預かり芥川小野寺の娘で、若衆髷に袴をつけ、神田の金沢町にある剣術道場へ通う勇ましい十八歳だ。

今朝方、畑に出ようとしていた草介を呼び止めた千歳は、御薬園の案内をしてほしいといってきた。

訊ねると、父の小野寺が所用で御役屋敷をしばらく留守にしているため、代わりに視察をしたいという。それで同道することになったのだ。

「ああ、これはハクモクレンです。間違えやすいですが」

草介が応えた。

「木の高さが違います。ハクモクレンのほうが低いんです。コブシは花がやや小振りで、向きが一定していませんが、ハクモクレンは上に向かって花びらを広げます。それにコブシの花元には葉が一枚生えているんですよ。それでも見分けがつけられます」

「そうなのですか」

「ええ、花が咲いたらまた見にきましょう」

「それはよいことを聞きました。さっそく平太にも教えてやらねば」

なにやら千歳がほくそ笑んでいる。

「平太、とはどなたですか」

「七日ほど前に、養生所に入所した近藤左門という浪人のお子です。杖をついた父上を支えながら仕切り道を散歩しているのを見かけたことはありませぬか」

草介はぼうっと空を見上げ、ああと思い出したようにいった。

「その父子でしたら二度ほど見たことがあります」

たしか父親は子の肩に手を載せ、子は父の腰を抱くようにして歩いていた。

「じつはわたくしの通う道場に知人を訪ねて来られたのですが、その方はとうに国許に帰られていたのです。ところが、その帰りに門前で油屋の荷車に轢かれてしまいまして」

「はあ、それは気の毒な。それで杖を」

「いえ、杖は持病の疼痛のためなのですが、よろけて足先を車輪に」

「あああ、それはたまりませんねぇ」

草介はあからさまに顔をしかめた。

幸い骨に異常はなかったものの、房州から江戸へ出てきた父子で、宿屋も引き払ったばかり。帰路の路銀も頼りないということから、足の腫れが引くまで道場で面倒を見ていたのだという。

「ところが、近藤どのの患っていた疼痛がひどくなりまして……わたくしが養生所への入所を世話したのです」

ふむふむと草介は頷いた。なにかがあると見過ごせないのが千歳の性分ではある。

子の平太は、礼儀正しい物静かな子で、怪我をした父親の傍を離れず懸命に看病し、また父も子に、感謝の言葉を忘れずかける。

互いを思いやるその父子の姿に胸を打たれたと、千歳は瞳を潤ませた。

父子が江戸へ出てきたのは、平太を絵師の内弟子にするためだ。知り合いからさる絵師を紹介されたのだという。

「まだ十だというのにまことに達者な絵を描くのです」

「ほう」

「わたくしは平太が描いた風景、草花や鳥などを見せてもらったのですが、その景色も、花々や鳥の名もまったくわからず……平太に哀しい思いをさせてしまいました」

千歳が口元を強く結んで俯く。視察などと構えていたが、じつのところは、自分自身が少しでも草花の名を学びたかったのだろう。草介は千歳に気づかれないよう微笑んだ。

「ただ絵師から内弟子になるならと、十両の金子を求められ、あきらめたとか。まったく業突張りの者がいると呆れました」

千歳は眉間に皺を寄せた。涙ぐんだり、怒ったり、どうにも忙しい。

樹林を抜けると、それまで枝葉に遮られていた陽に照らされ、草介はまぶしげに眼をしばたたいた。

薬草畑で立ち止まった草介は腰を屈め、千歳を振り向く。

「千歳さま、この葉に触れてみてください」

怪訝な顔つきで千歳は、恐る恐る指を伸ばした。

あら、と千歳が眼を見開いた。

「胸がすっとするようないい香りがします」

「これはカミツレです。カミツレは風邪の引き始めや、胃の腑の荒れなどに用いますが、お茶として喫してもよいのですよ。心が穏やかになります」

草介も香りを楽しんでいると、

「心穏やかでないのはわたくしのせいですか」

千歳が横目で睨んできた。

「そ、そのようなことはありません。あは、あはは――」

草介ののから笑いが虚しく響く。

「草介どのと歩いていると、なかなか先に進めませんね」

「はあ、失礼いたしました」

さくさく歩き始めた千歳の後を草介も追いかけようとしたとき、なにげなく薬草畑の奥を見て眼を見開いた。その一角だけは縄を張り巡らせ、他の薬草とは区別されていた。

「あ、あわわ……」

間の抜けた声を洩らし、草介は畑の中に足を踏み入れた。

「草介どの、どうなさったのですか」

鮮やかな緑の草を分け入り、その場に草介は立ちすくんだ。一箇所だけ不自然に土が盛り上がっている。あきらかに人の手によって草を引き抜いた跡だ。しかもまだ新しい。昨夜、いや今朝早くといったふうだ。

眼前が一瞬、暗くなり目眩を起こしそうになったが、倒れている場合ではない。

「なにがあったのです?」

「皆を、いますぐ集めないと――」

「皆を? どうしたというのです」

まるで水路に揺れるのんきな水草のようだと綽名されている草介の尋常でないうろたえぶりに千歳も気づいたようだ。

「それが、その」

草介はしどろもどろになりながら、縄をまたごうとしたとき、右手の甲に強い痛みを感じた。メギの棘だ。淡い黄色の小花は可憐だが、葉の付け根には鋭い棘を有している。その痛みのおかげで我に返った草介は、腰を屈めあたりを丹念に見渡した。

「これは……いや、そんな」

ぶつぶつ呟いている草介へ向かって、

「はっきりなさいませ」

千歳が、一喝した。

弾かれるように身を起こした草介は、

「申し訳ございません、千歳さま。なんでもありません。メギの棘に触れてしまっただけです」

　思わずそう口にした。

「なにを誤魔化そうとなさっているのです」

　千歳も薬草畑に入って来る。

「草介どの。この部分の土が荒らされているではありませんか。獣ですか」

「獣の足跡は、ありません……」

　獣とてこの植物には近づかない。

「ここにはなにが植えられていたのです？」

　千歳が、ぐるりと張られた縄の内側に差してある木札に気づき、顔を近づけた。滲ん(にじ)だ文字を眼を凝らして読み上げる。

「と、り……かぶ、と。トリカブト！」

　千歳が絶句した。

二

　トリカブトは毒草の中でも猛毒草だ。その毒を塗って矢を射れば、熊でも倒せる。人などイチコロだ。ただしトリカブトの塊根は附子と呼ばれる生薬として、心の臓の弱い者や鎮痛などに用いられている。まさに毒にも薬にもなるという植物だ。

「トリカブトは、まず熱湯にしばらく浸して、毒抜きをしてから乾燥させなければなりません。根に比べれば葉の毒は弱いですが、それでもそのまま使用すれば大変なことになります」

草介は千歳に求められるまま説明しながら、御役屋敷までの道を急いだ。

「ともかく芝の屋敷にいる父へ報せねばなりません。すぐに使いをだしましょう」

「ええと、芥川さまが芝へお帰りになられたのは、たしか」

「お忘れですか、父が出たのは三日前です」

「ああ、そうでした。お戻りはたしか」

「明後日です」

「……となると、芥川さまから採取のご指示はなかったと考えてよいですね」

草介は、うーんと唸った。

「トリカブトだけを盗んだということは、薬草について学んだ者でしょうか。知識があれば、そのまま用いる真似はしないと思うのですが」

「いえ、もしも知っていたなら、よけいにその使い途が恐ろしいです」

草介は背に怖気を覚えた。

「父が不在のおりにこのような……もし御薬園にかかわる者の仕業だとしたら代々預かりを務める芥川家として、その娘としても恥。すぐに盗人（ぬすっと）を捜し出さねばなりませぬ」

千歳が力を込めた。千歳に知れれば、こうなることはわかっていた。草介は、はぁと口ごもる。

そんな草介を半ば呆れて睨んだ千歳だったが、ふと顔色を変えた。

「……あるいは……」

太く真っ直ぐ伸びた眉を千歳はきりりと引き締めた。

「養生所のことを耳にしておりますか？」

「なんでしょう」

「病を苦に自殺する者が出ています」

ああ、と草介は嘆息した。

養生所は医薬代が払えない貧しい者や、看護をする者が近くにいないなどの事情がある傷病者のために設けられた施療施設だ。

だが、入所を待つ傷病人が多いため手の施しようのない者はあるていど療養させると退所させることもあった。最期まで看取（みと）ってやれないのが現状なのだ。

そのため自ら死する者がこれまでにいないわけではなかった。

「たしか五日ほど前に東側の御薬園内で首を縊（くく）った者がいたのでしたね」

千歳が口元を引き結び、頷いた。

広大な小石川御薬園は敷地のほぼ中央を貫く仕切り道で、東西に分けられている。

養生所は仕切り道沿いの東側薬園内にあり、支配は町奉行所が行っている。

「胃の腑に岩（癌）があったのです。長屋に帰ったところで老妻だけ。かえって重荷になるだけだとこぼしていたそうです。同じように考える病人がいないとも限りません」

「はあ」

「たとえ余命がいくばくもないとしても、己で命を絶たねばならないほど嘆かわしいことはありません。ですが、それが御薬園内の者であることも否めませぬ。さあ、参りますよ」

千歳は背筋を伸ばし、大股で歩き出した。

御役屋敷の門を潜るなり、千歳は乾薬場で作業をしていた園丁頭を呼んだ。

園丁頭は、あわてて飛んで来ると、顔の汗をすばやく拭い、地面に額がつくかと思うほど、丁寧に腰を折った。

やはり千歳に呼ばれただけに、ずいぶん態度が違う。草介は憮然としつつ、事を告げた。園丁頭の真っ黒に陽焼けした顔からもみるみる血の気が失われていくのが見て取れた。

「園丁と荒子らをすぐこちらに集めなさい。御薬園内で作業している者すべてです」

千歳が眦を決して命じた。

「へ、へい。承知いたしました」

「ああ、頭。ちょっと」

踵を返した園丁頭を草介は追った。

「なんです？　もたもたしてたら……」

「あまり騒ぎ立てると、かえって引き抜いた者を追い詰めてしまいやしないか、な」

草介は千歳を窺いながら、声を落としていった。

「なにをのんきなことを。トリカブトですぜ。一服盛ったら、コロッと逝っちまいます」

「まずはトリカブトを戻すことが先だ」

「……そりゃあ、そうでやすが」

じつはと草介は園丁頭に耳打ちをした。

「盗人が跡を残していったというんですかい？」

草介があわてて口元に人さし指をあてた。

「さすがに余所から御薬園に入ったとは考えられぬ。土の具合からすると、抜いたのは今朝方だろうと思う」

「なんでそのことを千歳さまにおっしゃらねぇんです」

「事がはっきりするまでは黙っていたいのだ。それと頭に頼みたいことがある」

草介は再び、園丁頭の耳元でささやいた。

「わかりやした。すぐいたします」

「それで、朝、見回りに出ていた者は？」

「はあ、ふたりおります」

「まずはそのふたりを呼ぶとしよう。だがトリカブトのことは伏せておく」

「けど、水草さま。あの剣幕ですよ……」

園丁頭が困惑げに首を傾げつつ、ちらと視線を向ける。

腕組みをし、千歳が仁王立ちしている。

「なにをこそこそ話しているのです」

苛々とした声が草介の背に浴びせられた。

「千歳さま。少々お話があります」

草介は声音を落とした。

「西側だけでも相当な広さがあります。かなり詳しくなければトリカブトを一株だけ抜くというのは容易ではありません」

「やはり御薬園内の者の仕業かもしれぬと草介どのは考えておられるのですか」

千歳の表情が強張る。

「いやいや、そうはいっておりません」

「それでは、疑わねばならぬ者が広がります。養生所内の病人しかり。入所者の家族、出入りの商人もいるのですよ」

「ええ、ですから慎重に進めましょう。疑いの薄い者から順々に除外して……」

「そんなにのんびりとしているから水草などと綽名されるのですよ。トリカブトで死人が出たらなんとするのです」

きーんと千歳の声が耳をつんざく。たしかに千歳のいう通りではある。

「ですが千歳さま、大騒ぎして盗んだ者が自棄をおこさぬとも限りません。もう昼近いですが、幸い養生所からも、東側御薬園からも急を告げられてはいません。早朝からこれまでの間に御薬園の外へ出た者がいなければ、まだトリカブトはその者の手元にあるということです。いま一度、落ち着いてから、考えてはいかがかと」

「そうですよ、千歳さま」

園丁頭も声を揃えた。なにやら暴風の中で必死に堪える樹木のような気分になりながら説得を続けると、ただちに外出者の有無をたしかめることで、千歳はしぶしぶ承知した。

朝方、御薬園の見回りをしていたふたりの園丁たちは、御役屋敷の広縁から鋭い視線を投げかける千歳を前に緊張した面持ちでかしこまった。

園丁たちはいつも通り、明六ツ（午前六時頃）から四半刻（約三十分）ほど薬草畑を見回ったが、なにも変わったことはなかったと応えた。

と、片方の園丁が口を開いた。

「お武家の父子と仕切り道ですれ違ったぐらいですかねぇ」

「養生所に入所している方です。散歩は朝と昼と夕の三度しているはずですよ」

千歳が応える。

「そういや、ついいましがたもお姿を見かけやした。お子は菜の花畑で熱心に絵を描いてましたね」

園丁は己を納得させるように幾度も頷いた。

草介が目配せをすると、園丁頭は御役屋敷をそっと抜け出した。

三

午後の陽射しを浴び、鮮やかに輝く菜の花畑で一心に少年が筆を走らせていた。

「なかなかの筆遣いですね」

振り向いた少年へ、草介は笑いかけた。

「ええと、近藤平太さんですね。私は御薬園同心の水上草介と申します」

「御薬園……同心……」

呟いた平太の眼が見開かれた。すぐに視線をそらし、帳面を閉じる。矢立へ筆を収めようとしたが筆が手からすべり落ち、草の上に転がった。草介は腰を折って、筆を拾い上げる。

「か、かたじけのうございます」

平太は俯いたまま、筆を受け取る。

「ま、落ち着いてください。同心といってもここの草木を育てるお役目です。その菜の花も私たちが丹精込めて育てたのです」

平太が、ぽかんと口を開けて、草介を見上げる。

「横に座ってもよろしいですか」

平太はこくりと頷いた。

「芥川千歳さまをご存じでしょう？」

「はい。父ともども大変お世話になりました」

「お父上の病はいかがですか」

「皆さまよりご親切にしていただき、わずかずつよくなっているようですが」

たしかに礼儀正しい少年だった。同じ歳のころ、草花の採集にただ夢中で走り回っていた己の姿を思い出した。

「千歳さまと私は……」

いいかけて草介は、はたと考えた。上役である芥川の娘とたんなる同心の間柄ではある。が、草介は他に人気のないのをたしかめつつ、いった。

「……とても仲良しです」

平太は安心したのか、かすかに笑った。

いってしまってから、木刀を振る千歳の姿が浮かび、思わず背筋に悪寒が走った。

「まあ、それはそれとして、絵を見せてはくださいませんか」

平太は胸に抱えていた帳面を不安げに差し出した。帳面は反古紙を幾枚も綴じて作られたものだった。中を見た草介はあらためて驚いた。

「千歳さまがおっしゃっていた以上に、お上手だ。景色も美しいが、鳥も花も見事です」

平太が頬を染めて顔を伏せる。

「照れることはありません。この桜など、花容をよく捉えておりますね。うんうん、この葉も素晴らしい。葉脈も正確に描かれています。岩崎灌園の『本草図譜』はご覧になったことがありますか?」

書物屋で写本を、と平太が小さく応えた。

「どうしたらあのように花々を真写できるものかと試みましたが、私には絵心がないと気づきましてね。いまは押し葉をしています」

　草介がいうと、平太は首を傾げた。

「押し花でなく押し葉です。御薬園の草花は皆、上さまのものですから、勝手はできませんので、落葉で作るのですけどね」

「……上さま」

　平太が呟いた。

「ええ。ここの草花は上さまからお預かりしているのです。作られた生薬はお城や養生所へ納められています」

　かちかちと妙な音がした。草介は平太の顔を何気なく見やる。平太の唇が小刻みに震えていた。歯が鳴っているのだ。

　ふむと唸って、草介は帳面を閉じた。

「弟子入りは残念でしたね」

　平太がかぶりを振る。

「——もうよいのです。あきらめております」

　平太の眼にふと陰りが見えた。先ほどまで描いていた花に一瞬、怯(おび)えるような眼差しを落とした。草介は、あっと声を上げた。

「そういえば、千歳さまがコブシとハクモクレンの違いを平太さんに教えるのだと張り切っていますよ」

「それは……ふたつをすでに描いたことがあるので、わかります」

「ああ、千歳さまががっかりされるなぁ」

「いえ、伺いたいと思います」

平太があわてて応えた。

年端もいかぬ童（わらべ）なら、そんなの知っていると鼻を膨らませるところだ。だが、千歳の気持ちを慮（おもんぱか）っているのだろう。

この妙に大人びたそつのない応対が草介には切なかった。ずっと抑え込んでいる感情が弾けてしまわねばよいがとさえ思った。

「ところで平太さんは、二輪草（にりんそう）を描いたことがありますか？　そろそろ花の時期ですが」

「あ……はい。二輪草は」

「やはりご存じでしたか。お父上の患っている疼痛に効くといわれていますよね。葉はおひたし、和（あ）え物、汁物などで食することができますしね」

「とても医者にはかかれませんから、父とともに野山で摘んでは食膳に添えています」

医学などという知識のない昔から、経験や暮らしを通じて人々が伝え、受け継いできた療法だ。そうした知恵を積み重ね、研鑽（けんさん）を続けたものがいまの医療にもつながっている。そう思うと、自然と人とのかかわりの深さを草介はあらためて感じさせられる。

「でもお父上もせっかく養生所にいるのです。早くに快復なさるとよいですね」

「父はもうあきらめております。かなり前から痛みで畑も耕せませんし、内職もできません。江戸へ出るのもやっとでした」

「親子仲良くあきらめましたか……。でもお父上はどうでしょうね。ご自身はどうでも、平太さんに絵を学ばせたいと思っているのではないでしょうか」

平太が唇をぎゅっと噛み締めた。

「父として尊敬はしております。ですが、武士として……」

「わざと荷車に轢かれでもしましたか？」

平太の顔が真っ赤に膨れ上がる。

案の定だ。足先を轢かせ、荷車の持ち主である油屋に治療代を要求したのだろう。草介は心が痛んだ。当然、十両などという大金にはならなかったはずだ。

「小さい道場ではありましたが、父は師範代を務めておりました。でも二年前、母を亡くし、疼痛を患ってからは、気力も望みも失い……」

「きっと平太さんの望みが、お父上の望みでもあるのではないですか」

「私が江戸へ出たら、父ひとりでは暮らしてはいけません。ですからはなから無理なのです。いまの父では無理なのです……」

帳面を平太に戻すと、草介は立ち上がった。

「そうそう、都合で千歳さまがお父上の代わりを務めておられます。もしいま、御薬園でなにか起きれば大変です」

草介は軽く腕を組んで沈思した。

「千歳さまが責めを負わねばなりません」

草介を見つめる平太の顔が蒼白になる。

「さて、お邪魔しました。仕事の終わりは七ツ（午後四時頃）ですので、もうひと踏ん張りです」

両腕を上げ、草介が伸びをした。

「ああ、それと写生をする際には周りの植物に気をつけてくださいね。薬草畑には棘のある草もあります。朝方、私もメギの棘に引っかかりましてね、ほら」

トリカブトが植えられている近くにあったメギだ。草介は赤みの残る右手の甲を見せた。

列をなした鳥が、朱（あけ）に染まりかけた西の空を飛んでいく。園丁たちが仕事を終え、戻って来る。千歳は落ち着かないようすで御役屋敷の庭をうろうろしていた。さすがに今日は、木刀を振るう気も起きないのだろう。

「カミツレのお茶を淹れました。少し休まれてはいかがですか」

草介が湯呑みを差し出すと、素直に受け取った千歳は、不安げに息を吐いた。

「朝から昼にかけて外出した者はないと先ほど園丁が報せてくれました。やはり養生所の先生方と東のお奉行さまにお伝えしたほうがよろしいのではないでしょうか」

「騒ぎが大きくなれば、ますます藪に入ってしまうことにもなりかねませんよ」

そう応えると、千歳が半眼に草介を見つめてきた。

「どうも朝から気になっていたのですが、草介どのは、なにか盗人の証を摑んでいるのではないですか？」

ぎょっとして草介は後ずさりした。

「滅相もない」

「まことですか？」

千歳がぐっと顔を近づけてくる。草介は黙って首を幾度も上下させた。

「ああ、それより、菜の花畑で平太さんと会いました。たしかに絵がお上手でした」

千歳が湯呑みに眼を落とし、顔を曇らせた。

「絵師は平太の絵も見ずに金子を求めたそうです。それが悔しくてならなかったと、普段穏やかにお話をされる近藤どのが声を荒らげておりました」

「近藤さまの疼痛は重いのですか」

「手指と膝、足裏の痛みがひどいといっておりました。道場でもずっと堪えていたようです。もっと早く養生所に入るよう、勧めればよかったと後悔しております」

草介は、ぽりぽりと額を掻いた。

「ただ、近藤どのは平太に申し訳ないとそればかりいっておりました。まさか思い余って業突張りの絵師を——」

「それはないでしょうが……」

「わたくしもそうは思いたくありません。そういう方でもありません」

千歳が憤然としていい放ったとき、ちょうど御役屋敷の門をくぐった園丁頭が、

「トリカブトが……畑に戻りました」

顔をひきつらせ報告した。

四

どうしても盗人を捜しださなければと息巻く千歳を前に、御役屋敷の一室で草介は紙に包んだ二枚の葉を丁寧に畳の上へ並べた。両葉ともに、切れ込みが深く入り三枚に分かれ、さらにその一枚一枚ごとの先も二つに分かれている。

千歳が怪訝な顔で右側に置かれた葉に触れようとした。

「ああ、そちらはトリカブトの葉です」

きゃっと千歳は小さく悲鳴を上げて、指先をあわてて引いた。

「べつに触れたぐらいではどうこうなりませぬよ」

「では、こちらはなんの葉ですか」

千歳が、ぶっきらぼうに左の葉を指さした。

「二輪草です」

千歳が眼をしばたたいて、葉を交互に見つめ、

「驚いた……そっくりです」

呟くようにいうと、顔を上げた。

「二輪草の根は疼痛に効能があると古くからいわれています」

「疼痛……」

「両草ともに根からすぐに葉を伸ばす根生葉(こんせいよう)です。このように並べて見れば、トリカブトのほうが多少、葉の先が尖ったようにも見えますが……野山では並んで生えてなどおりません」

「では、間違えてトリカブトを摘んでしまうこともあるということですね」

「その通りです。気づかずに食し、毒で死んでしまう者もいます」

千歳が眉根を寄せる。

二輪草の花は白く、五から七の花弁に似たがく片を持ち、かたやトリカブトは楽人が着ける冠のような形をした紫色の花をつける。

「二輪草の開花はまもなくですが、トリカブトは秋なので花が咲けば見間違えることはまずありません。ですが若葉のときは、ほとんど見分けがつきません」

ちょうどコブシとハクモクレンのようですねと、草介はつけ加えた。

千歳がはっとして草介を見る。

「さきほど疼痛といわれましたよね。もしや……引き抜いたのは」

千歳は声を震わせながらも、その名を口にはしなかった。口に出せば罪を問わねばならなくなるのがわかっているからだ。

草介は、ぽりぽりと額を掻いた。

平太は絵が達者だ。絵を描く者は、物の形を捉える眼を持っている。

平太の描いた絵が草介の脳裏に甦る。

細かな描写、正確に写し取られた花容。

コブシとハクモクレンの違いも描くことによって知ったように、トリカブトと二輪草の違いも一目で見抜けるはずだ。しかも普段から摘んでもいる。命にかかわる草花だとしたら、なおさら注意深くなる。

畑の土に残されていた跡は、円い小さな穴だった。近藤左門が使っている杖の先を当てればぴたりと合うはずだ。

平太は父の左門がトリカブトを引き抜いたことに気づいていたのだろう。左門は二輪草だと、平太に偽りを告げたに違いない。

だが、平太は決して見間違いなどしない。

父が命を絶とうと思っていることを知りつつ、わざと平太は見過ごしたのだ。

物静かな平太が一瞬だけ見せた怯えにも似た眼は、父がいなければよいと思った自分におののいていたのかもしれない。

草介は万が一、トリカブトを用いてはと、園丁頭に近藤を見張らせていた。園丁頭は、夕暮れどきに飛び出して来た平太と、それが追えずに養生所の前で呆然と立ちつくす近藤の姿を見たと話していた。

父子の間でどのような会話があったのかは草介にはわからない。だが、父が平太を思い、平太が父を思う、それがほんの少し、よじれてしまっただけなのだ。

「まことにようございました。間違いに気づいて、返しにきたのですね。間違いですから罪も誰かも問いません」

よかったと幾度も千歳が呟いた。

「それは千歳さまが落ち着いて対処なされたからですよ。もし、御薬園や養生所中にトリカブトのことが知れ渡っていたら、引き抜いた者も畑に戻す機を失っていたでしょう。

千歳さまの優しいお心が通じたのですよ」

　草介はにこりと笑った。


　二日後の早朝、旅姿の近藤父子が御役屋敷へ挨拶に訪れた。

「まだ療養なさっていてもよろしいのに」

「これ以上のご親切は、私どもが辛(つら)うございますので」

　近藤が丁寧に頭を下げたが、苦しげな表情を浮かべ顔を上げた。

「あの……じつはそれがし……トリカブトを」

「ああ、ああ、近藤さま」

　ばたばた手を振る草介を千歳は不思議そうに眺める。

「養生所の先生より薬を預かっております」

　草介は足元に置いてあった包みを持ち上げた。養生所の医師に無理をいって処方してもらったのだ。半年分はある。

「桂枝加苓朮附湯(けいしかりょうじゅつぶとう)です。このお薬にはたしかに附子が処方されています」

「附子？　トリカブトを毒抜きした生薬ですね」

　千歳が得心した顔をする。

「近藤さま、このお薬を必ず続けてください。平太さんのためにも」

「はい。ですが……このような量では薬代が」

「ならば平太が元服したら御薬園の植物図を描いてもらいましょう」

「それはよいお考えです、千歳さま」

それまで唇を引き結んでいた平太が、意を決したように口を開いた。

「房州に戻りましても、精進いたします。もっともっと上達しておふたりに認めていただきとう存じます」

「はい。お待ちしております」

草介がゆっくり頷いた。

左門と平太が深々と辞儀をして、身を返す。その姿を見送りながら、千歳がいった。

「トリカブトを引き抜いたのは近藤どのですね」

ぎくりと草介は肩を震わせた。

「二輪草とトリカブトの話をしたのも、わたくしに勘違いさせるためだったのでしょう」

「……お許しいただけますか」

「許しません。父が戻るまで御薬園の視察を一緒にしていただきます」

厳しい口調でいいながらも、千歳の眼は笑っていた。

「あのう、千歳さま。二輪草はどうして二輪草と呼ばれるかご存じですか?」

「いいえ」

「一本の茎から二輪の花を咲かせることが多いからです」

平太が左門の手を自分の肩に載せ、父の身体を支えながら静かに去って行く。

ふたりの姿が一本の影となって地に伸びた。それぞれの思いは違っていても、互いを思いやる心はひとつなのだ。

穏やかに微笑む千歳を横目で見ながら、草介は次の非番に父の顔でも見に実家へ帰るか、そう思った。

仲蔵とその母

杉本苑子

杉本苑子（すぎもと・そのこ）
一九二五年東京生まれ。六二年に『孤愁の岸』で直木賞、七八年に『滝沢馬琴』で吉川英治文学賞、八六年に『穢土荘厳』で女流文学賞を受賞。二〇〇二年に菊池寛賞と文化勲章を受けた。著書に『華の碑文』『玉川兄弟』『埋み火』『マダム貞奴』『冥府回廊』『散華』『悲華水滸伝』など多数。一七年逝去。

一

舟番小屋のいろり端（ばた）で、はじめてその子供を見かけたとき、お俊（しゅん）が味わった感情は何とも奇妙なものであった。

力いっぱい抱きしめてみたい愛着と、いきなり目の前の川へでも叩きこんでやりたい憎しみと……相反する激情に一時に襲われて、乳の奥がキュッと痛くなったほどである。

五歳ぐらいだろうか。子供はボロを着ていた。哀れなくらいやせこけてもいたが、顔だちの美しさは類がなかった。腕っこきの細工人が、小刀の先に精神を集注して彫（ほ）りあげた人形さながら、ちんまりととのった鼻すじ、口もと……。薄皮まぶたの、切っこみの深い目に、濃いまつげが翳（かげ）を落として、まばたきするたびに眸（ひとみ）がさえざえと濡れかがやく。いま切って、泉にひたした桔梗（ききょう）の花のような、あざやかな印象であった。

「おじさんちの子？」

せきこんでお俊は訊いた。

「いいや、わしの妹と、さる浪人者とのあいだに生まれたガキでごぜえますよ」

　いろりの炎へ枯柴をつぎたしながら、初老の船頭はその柴ごと、緩慢に手をふった。

「水ッ児のうちに両親に死なれちまったもんで、しかたなく引きとって育ててはおりますが、実子が五人もいるくらし向きでは、ろくさま雑炊もすすらせられません」

「手放すつもりはないの？」

「え？」

「あたしにくれる気はないかと訊いているんですよ」

　聖天さまへの参詣途上、月に一度は渡し舟に乗ってくれるこの年増ざかりのお内儀を、中山小十郎とやらいう高名な長唄うたいの妻だとは、船頭もうすうす承知していた。

〽猿若の、ワキ師は杵屋、江戸芸者、振りは志賀山、唄は中山……

　そんなはやり唄さえ耳にしている昨今なのである。

　思いがけない申し出に彼はとまどい、それでも一生けんめいな口ぶりで、貰っていただければわしはもとより、チビにとっても夢のような幸せだと頭をさげた。

「うれしいッ、ではきめましたよおじさん。とりあえず、これは結納のおしるしに……」

　手ばやく一両小判を一枚、懐紙にくるんで小屋のかまちに置くと、辞退する船頭へ、

「あさっては日がいいわ。まちがいなく和泉町の宅へつれてきて下さいね、たのみます

よ」

おしかぶせて立ちながら、お俊は子供のそばへすり寄った。

「坊、名前はなんていうの？」

上目づかいに子供は答えた。

「万蔵（まんぞう）っていうの」

容貌のさわやかさとはうらはらな、そそるような、低い、ゆっくりした嗄（か）れ声であった。乳の奥がお俊はまた、いきなりキュッと痛くなった。

約束どおり中一日おいて、平井村の渡守りは子供をおぶってきた。小十郎も応対に出てさらに五両づつみののし紙をわたし、今後いっさい、かかわりは持ってくれるなと念を押した。りちぎな伯父は何度もお礼をのべ、子供の将来をたのんで帰って行った。

さきに渡した一両のうちから仕度してやったのだろう、木綿ものながら、桜に春駒を染めたま新しい袷（あわせ）を子供は着せられていた。

お俊はそれをぬがせ、昨日日本橋の越後屋でととのえた深紅（しんく）の地に、金糸で鶴の丸を織り出したいかにも芸人の家の子らしいはでな絹小袖と着かえさせ、これも大いそぎで子供部屋らしくしつらえ直した二階の六畳へ、万蔵をつれてあがった。

おびただしい弄（もてあそ）びと菓子の量に、子供はどぎもをぬかれ、たちまち狂気のようになって咀嚼（そしゃく）と遊戯に没頭し出した。

「たいしたきりょうだなお俊、こいつは掘り出し物だよ」

ふだん陰気な小十郎が、めずらしくはずんで言った。結婚して六年になるというのに、子宝にめぐまれなかった彼らなのである。

「聖天さまのご利益だわ。月参りを欠かさなかったおかげですよ、あなた」

夫婦は有頂天になった。つききりでチヤホヤし、夕飯も尾かしら附きに赤飯たまご焼き、刺身をおあがり、キントンはどうだとひと騒動やったあげく、あくる朝見ると、子供は絹夜具のまん中におねしょと大便を洩らしていた。

環境がかわったためのそそうだと夫婦は解釈したが、翌日、翌々日の晩も大小両方で買いたての夜具をよごし、とどのつまり高熱、腹痛をおこしてころげまわるさわぎに、あわてて医者を迎えると「急性の脾肝」だという。たべつけないご馳走を大量に、急激に、小さな胃ぶくろにつめこんだための異状とわかった。

居合せたお俊の兄——志賀山流振付けの二代目家元、中村伝次郎がにがりきって言った。

「猫の仔をもらってきたのとはわけがちがうぜ。人ひとり引きとるにはよほどの覚悟がいるはずなんだ。子供はお前さんたち夫婦の玩具じゃないんだからな」

もともとばかな女ではない。お俊はわれに返った。冷静をとりもどした。同時に、母親というものの愛の在り方、その自覚が、すっくりと肚にはいった。

——万蔵は長唄の稽古をはじめさせられた。やがては継がなくてはならない家業である。稽古場へつれてゆかれるのを見すまして、お俊はいそいそ茶うけの用意にかかったが、四半刻にもならないうちに、小十郎がしかめつらしながら茶の間へもどって来た。

「だめだ。万蔵のやつ、とうていものにはならない」

ひどい音痴だったのである。

〽岡崎女郎衆　岡崎女郎衆

　岡崎女郎衆は　よい女郎衆

ごく初歩の練習曲の、出だしの一節すらみごとに調子をはずしてしまう。

大便はどうやらやまったが、おねしょはあいかわらず時々もらすし、無口はよいとして、生みの親だったとかいう浪人ゆずりの、しぶとく、強情そうな性格もすこしずつほの見えてきていた。夫婦はため息をついた。

「返してしまおうか。伯父の船頭のところへ」

小十郎はこらえ性がない。お俊はやっきになった。貰い子だと思うから返す気もおこる。生みの子だったらどこへ苦情の持って行きようもないではないか……そう言いはり、

「役者にしてはどうかしら」

提案した。

「大名題の子にだって、うちの万坊ほどの顔立ちはいないわ。なにか一芸、身につけて

やらなければ行く末あの子もこまるでしょ」

「でも役者にするためには、踊りの基礎をみっちり叩きこまなきゃならないよ」

「あたし、兄さんに相談してみる」

中村伝次郎の家へつれて行ったところ、長唄とちがって踊りの手はふしぎなほどスラスラのみこみ、筋がよいとまで保証された。

どうやらめどがついたのである。夫婦は胸をなでおろしたが、これが早計であった。坊ちゃまぐらしが身につき出し、はにかみが消えうせると、子供は本性を発揮しはじめた。踊りの稽古に行くたびに相弟子の女の子をいじめて泣かせる……。それも簪を抜きとったり袂に蛙を入れたり、買いたての舞扇に泥をぬりたくるというような卑劣ないたずらをやるのには、師匠の伝次郎より、まずお俊が腹をたてた。

例の、桜に春駒の木綿袷をとり出して、

「平井村へ返してしまうよ」

おどすと、しばらくは小さくなるが、またすぐ始める。どういうわけかことに目のかたきにいじめるのは、二歳年下のお岸という少女で、おっとりと、何をされても抗わない気質が、かえって万蔵の意地悪ごころを刺激するのだろう。長唄の三味線ひき杵屋喜三郎の二番目のむすめに生まれながら、踊りもきりょうもさほどではない。

「ぶきっちょ、おたふく」

のべつ嘲っているくせに、節句だ祭だというたびに万蔵はお岸を家へつれて来たし、稽古所からの帰りはお岸も時おり遊びに寄って、おばさんおばさんとお俊に甘えた。母親のない子なのである。

夕ぐれになると、瞽女をまじえた座頭の一団が笛をふきふき町を流して歩く。小穴をあけた紙ぶくろに灰炭をつめ、竿のさきにそれを吊りさげてうしろから振り廻すと、なにやらハラハラ降りかかる気配に、盲人たちは顔をなでまわす。たちまち顔がまっくろになるというわるいいたずらに万蔵は熱中したことがあり、また、町木戸の番小屋に寝とまりしている番太郎に、いきなり口を吸われたのをくやしがって、炊きあがったばかりの釜の飯へ砂をぶちかけたこともある。

番太が怒ってどなりこんで来、お俊から罰をくらった腹いせに、こんどは町廻りの拍子木を打ちに出たすきをねらって、板戸の敷居へ煮え膠を流しこんだ。番太が帰ってきたころは冷え固まって、押しても引いても戸はビクともしない。町役にしかられ、したたか詫び金をとられるという一幕もあった。

お俊はねをあげた。木綿袷を持ち出してのおどしも、たびたびは効かない。ふとん巻き、灸……。結局は本気ですえっこないとタカをくくっているのか、あくどいいたずらをやめようとしない万蔵に、つい苛立って、ある日やにわに裾をまくりあげると、その柔らかなももへ彼女は物差しをくらわした。万蔵は泣かない。かたくなな横顔、みるみるミミズばれの縞(しま)をつくりはじめたももを睨んでいるうちに、もっともっと、思いきり痛めつけて、悲鳴をあげさせてやりたいあらあらしい衝動と、身も世もないいとしさとの、あの奇妙な交錯に襲われ、おもわずお俊は物差しをなげ出した。抱きすくめられ、逆に母親に泣き出されながら、少年は誇らかな表情で座敷のまん中に佇立(ちょりつ)していた。

二

踊りの習得と併行して、万蔵はやがて柏屋舞鶴(ぶかく)のもとへ、子方修業のためにかよい出した。舞鶴は中村勘三郎の次男で、このとき二十四歳の新進俳優――。

「こどもなんてものは、猿廻しが猿を使う要領で仕込むにかぎる」

放言し、じじつ右手に寒竹(かんちく)の細鞭、左の袂(たもと)には氷砂糖を常時用意していて、

「それ、ホイホイホイ」

わんぱくざかり幾人もを巧みにあしらうやり口は高慢げだが、子方の腕はめきめきあがるし、若親方々々としたわれているのも、他目(はため)には理解のほかだった。

万蔵ははじめ、中村市十郎という名をもらったが、まもなく中蔵とあらためた。競争相手の少年たちが大ぜいいる中へほうりこまれたことで、持ち前の負けん気をムラムラかきたてられたらしい。遊び半分だった踊りの稽古にも本気で打ちこみはじめ、ひきず

られてお俊までがふるい立った。中村伝次郎の妹である。志賀山流の踊りには目があいている。自宅でのおさらいは彼女がうけ持ち、びしびし子供に文句をつけた。片方もきかん気だからまいったとは言わない。ある夜『椀久』をさらったところがお俊の気に入らず、五回七回十回とくり返して、二十回目を越したとき中蔵が倒れた。棒を倒すような倒れかたで床へのび、起きあがらないのにギョッとして鼻に手をあてると、寝息をたてている。疲労しきったのである。

小十郎がはいって来、

「かわいそうに。きびしすぎらあな」

「だってお前さん」

「搔巻ぐらい、かけてやらないのかよ」

小声で言い合っているうちに子供がむっくり起きあがった。半仮睡の白眼をきみわるく吊りあげている。口のなかで『椀久』の歌詞をうたいながら踊り出し、一曲まるまる踊り終ってまた、ドタッと床に倒れた。夢うつつの所作だったのだ。

お俊はよろこんだ。「根性がある」とそれを見た。小十郎はしかし肩をすくめ、うんざりした表情になった。長唄界きっての美音の持ち主と折り紙をつけられているだけに、小十郎の神経は男にしては、妻よりも子よりも繊細だったのである。

初舞台をふんだのは延享二年——。十歳の冬だった。中村座の十一月興行に『奴丹前』が出、〝さんやれおばば〟の所作を演じる舞鶴師匠の供奴に扮して、中蔵ははじめて観客に接したのだ。

評判はよかった。纏頭をたくさんもらい、おだてられて少年はのぼせあがったが、興行が終るとすぐ、舞鶴はお俊を家に呼びつけた。

「おつかれさま。はじめてのことだし、おふくろさんもさぞ気をもんだろう」

長火鉢の向うから、若い師匠はまず、あっさりいたわってくれた。しかしあとはズカズカと、いかにも御曹司育ちらしい直截な言い方で話を切り出した。

「中のやつもね、子方とはいえこれからは商売人だ。稲荷町を振り出しに、ひときざみずつ苦労して這いあがってゆかなければならない。そこは心得ているだろうね」

稲荷町というのは、若い衆やお下がごろごろしている芝居小屋の、一階のすみにもうけられた雑居部屋のことである。

かぶき役者の階級には太く一本、横線がグイとひかれている。この線の上が『名題上』、下が『名題下』だ。

『名題上』になると紋着板に名が出る、自室があたえられるし給金もあがる。一人前の役者として世間に通用し出すわけである。

親の七光を背に負った大名題のむすこなら、容姿、技倆などどうあれ、はじめから

『名題上』の待遇をうけられる。しかし、それのない者はみじめだ。稲荷町からはじまってやっと『中通り』にすすみ、三階の大部屋にあがる。ながいあいだ、ここで辛抱したあげくが『相中』……。「申しあげます」「いらせられましょう」程度の役しかつかない。

死にもの狂いでがんばって次がようよう『相中上分』だが、たいていはこれであたま打ちとなる。門閥にはばまれるから、そうとうな腕達者でもよほどの贔屓をつかみ、金力でうしろ押ししてもらわなければ『名題上』への横線は突破できないのだ。顔立ちがすぐれ、みごとな力量を持ちながら、一生涯『名題下』で朽ちる役者もすくなくないのである。

「初舞台では中蔵も別あつかいだった。うちの男衆の肩ぐるまで小屋入りし、おれの楽屋、おれの鏡台で顔をつくる、終るとまた肩ぐるまで太夫元へご帰館……。まあいわば板に慣らすために、小屋じゅうで遊ばしてやったようなもんだが、これからそうはゆかない。お前さんも振付け師の家にそだち、座附きの長唄うたいを亭主に持っている以上、そこんところはわかっているだろうね」

「は、はい」

女持ちの煙管をとって一服すいつけながら、

「役があってもなくても、中坊はあすから小屋へ出勤する。そして稲荷町へ詰める。ただし……」

　舞鶴はここでちょっと黙った。ことばを選んでいるらしい。何を言い出そうとしているのか漠然と気づき、お俊は身体をかたくした。めんどうくさくなったのだろう。舞鶴は煙管をはたき、ズバッと言った。

「ただし……だね。稲荷町ってとこは血気さかんな男どもの巣だ。あす行けばあすのうちに、中坊は連中に廻し抱きされちまう。きりょうよしの子方ほどこの業苦からはのがれられないんだよ。いま相中や上分(かみぶん)で活躍している中堅たちも、みんな一度は同じ関所を通った。まあ不憫(ふびん)だろうが、取って食われるわけじゃないんだから、おふくろさんも目をつぶって、今夜中にでも中蔵にあらましのところは教えておいてやるこったね」

　大部屋だの稲荷町には、それぞれ独得の気風があり不文律もある。小屋ぜんたいの統制をみださないかぎり、町は町の掟にまかせて、太夫元といえどもへたな口は出さない、出せないのだと舞鶴は語った。

「いま、稲荷町のかしらは千代飛助(ちよびすけ)だから、おふくろさんは南鐐(なんりょう)を二つ三つ包んであいさつに行っとくといい。いずれ一番に中蔵のお毒味をうけたまわるのもちょび頭(がしら)のはずだ。それが頭の役得だからね。ああいう古手に憎まれてむごくされると、子供なんぞはたちまち労咳(ろうがい)をひきおこしてしまう。あたしからも目をかけてくれるよう、よくたのんではおくけれどね」

三階の大部屋、一階の稲荷町……。どちらも一年じゅう日はささない。ぼけたような行燈(あんどん)一つ。あとは鏡台灯(あか)りがチロチロゆれているだけの、油煙くさくほこりくさい、濁りきった空気の底で、若い衆たちがいぎたなく寝そべったりサイコロあそびをしている光景はお俊も知っていた。

千代飛助はそこのぬしのような存在であった。トンボをきらせたら当代一ということだが、鬢(びん)の毛のうすい、五十年輩のみにくい男で、片頰にいつも皮肉な、酷薄そうなうすら笑いをうかべている。

(中坊があの、ちょび頭に抱かれる!　いいえ、いけないッ、そんなこと許せるものか)

走ってお俊は家に帰り、

「母さんがまちがった。役者になるのはおやめ、やめておくれ中蔵」

喘(あえ)いで言った。子供の返事はだが、

「いやだい」

ニベもなかった。

「おらあ役者がすきだ。いまにお師匠さんみたいな千両株に出世するんだ」

「お前は稲荷町へ入れられるんだよ。あすこへゆくとね、中……」

お俊は絶句した。なんといって説明してよいかわからなかった。

「あすこへゆくとね、中、こわいことをされるんだ。若い衆たちにね」

「こわいこと？　どうしてさ。あんなことがなぜこわいの？　おれ平気だよ、馴れちゃったんだもの」

「なんだって？　中蔵ッ、お前……」

「そうなんだ、馴れちゃったんだよ」

あどけない、そのくせかすれた、そそるようないつもの声で、中蔵は小さく言った。

「父さんが教えてくれたんだ。毎晩、おぶうのあとで、くり返しくり返しね」

三

お俊の血相の前に小十郎はうなだれたが、わるびれた様子は見せなかった。

「ほんとうの父親なら、こんなときどうするのか、おれは知らない」

陰気な口ぶりで彼は言った。

「知らないが、おれはおれなりの愛し方で、中のやつを愛しているつもりだよ、お俊。――あいつを稲荷町へやることのおびえなら、お前よりずっと前から、おれのほうこそ抱いていたのだ。実態も何倍か、お前よりおれはくわしい。狼の檻へ小兎をほうりこむようなものさ。ちょび助たちの脂ッ手が、白い、珠みたいな中の肌を、べたべたところかまわず汚すのかと思うと、おれはたまらなかった。中がどんなに驚くか、恐怖するか、それも哀れだった。砕く珠なら、おれの手で静かに砕いてやろう、教えふくめておいてやろう……そう考えた。実の父親ならしないことかもしれない。でも、おれにはそれしか思いつかなかった。いとしいからこそあいつを抱いたのだよ。なあお俊、おれはまちがっていたろうか」

「わからないわ」

力なくお俊は首をふった。

「あたしにはわからない。でもあなたはその、実の父親の気持というのを、まもなく知ることができますよ」

「どういう意味だ？」

「どういう意味でもないわ。あたし、みごもったんです」

「！」

「三十を二つもすぎているんですもの、はじめなかなか信じられなかったけれど、茅場町の先生に診てもらったらもう四カ月目ですって……」

小十郎はうめいた。

「おれたち、中坊がうとましくなるだろうか」

「それもわからない。ただね、そんなさなかだけに、いっそうあの子が、あたしは可哀そうでならないのよ」

中蔵は小屋へかよい出した。正視できない思いで小さなその姿をお俊は送り迎えたが、当人はケロッとしたものであった。かくべつ悲しそうではないし、かといってうれしそうでもない。小屋での見聞を口にしても、どれもこどもらしい他愛のない話題ばかりであった。

ひと月たち三月たち、半年たった。やっとすこし、お俊は気がおちついてきた。

「どうやらふんばっているようじゃないか」

そう言ってくれたところをみると、兄の中村伝次郎も内々案じていたにちがいない。

「おかげさまで、どうやらね」

うなずいたとたん、自分でも予期しなかったはげしい羞恥におそわれて、指のさきまでお俊はまっかになった。

陣痛がはじまったのはその日の夜だった。中年にはいっての初産(ういざん)にしては思いがけなく軽く、彼女は男の児を産みおとした。

「弟だよ」

中蔵に言うと、へっぴり腰でのぞきこみ、

「なんでえ、くちゃくちゃしたつらだなあ」

軽侮にたえないといわんばかりな顔で笑った。ひがみ根性などおこしそうもなかった。踊りの稽古のほか、中蔵は手習いをはじめたし、鼓（つづみ）の指南も受け出した。一年二年と経過するうちには子役なりに贔屓もつき、美貌をめでられて、大名旗本の邸によばれ、酒宴の興に踊りを見せたりもするようになった。

弥八と名づけられた赤児は虚弱だった。這い、立ち、あるき出したが、すべて世間なみよりおそく、身体つきもひねこびて病気ばかりしていた。

弥八の世話にお俊はかまけた。しかし気がかりは、いつも中蔵の上にあった。実の子を産むことで、稀薄になるのではないかと惧（おそ）れていた中蔵への愛……。かえってそれが濃（こ）くなってゆくのが、わが心ながら彼女には不可解だった。

「おれなりの愛し方で愛している」

などと言いながら、小十郎は中蔵に溺れきっている。そんな夫へ、ときに冷やかな視線をそそいでいる自分に気づき、お俊はひそかに狼狽（ろうばい）することもあった。

お岸はあいかわらず遊びにきた。しばらく顔を見せないともの足りなくて、迎えにやるほどお俊もこの少女をいとしんでいた。お岸の物言いは落ちついてい、態度も静かで、どこか頼もしげなところさえある。わずか十二の小むすめでいながら、そばにいられると何となく安心でき、そのくせその存在がすこしも邪魔にはならないのだ。

（こんな子を、やがては中の嫁に……）

と、お俊は考えはじめていた。

わんぱくざかりのころのような、荒っぽいいじめかたはさすがにしなくなったけれども、中蔵は卑猥な、辛辣な毒舌でしょっちゅうお岸を泣かせる。

ある日また、なにか言われたのか、二階の子供部屋からうめくような、異様なすすり泣きが聞こえてきたのであがってみると、お岸の全身を坐ったまま、中蔵が抱きすくめているところであった。頭部をかかえ込んだ左手は、同時にわるがしこく口を抑えているし、両足を相手の足にからみつけて、その動きをうばっている。身八ツ口からは、まだ扁平な少女の胸へ、すばやく右手をさしこんでい、つまりはそれをしてみたいための乱暴とわかった。

「このばかッ」

お俊は中蔵をつきとばした。少年の姿態は、こういう場合おとなの男がするであろう姿かっこうを、そっくり小ぶりにしたものだった。お俊の剣幕におびえてお岸は泣きやみ、中蔵はてれかくしのうすら笑いでごまかそうとした。その表情も、そっくりおとなのものである。お俊の背すじに寒けが走った。稲荷町でのゆがんだ毎日は、少年の身体ばかりでなく、心までをも濁し、いびつにしはじめたのではないか……？

無口だった幼時からみると中蔵ははるかに饒舌になり、ことばつきも軽薄になってきていた。むら気がめだち、すぐ底のわれるような嘘を平気でつく。

（やはり芝居はいけない、この子の肌に合わないのだ）

お俊はさとった。舞鶴師匠が言ったとおり、稲荷町出身でいながら中堅として、りっぱに活躍中の俳優は多い。しかし一方に、むしばまれ、傷つきくずれて、巷（ちまた）の陰間（かげま）、色子（いろこ）に転落してゆく例も無数なのだ。中蔵に、お俊は前者を期待したのだが、どうやら結果は裏目に出はじめたらしい。

（やめさせよう。いまのうちならまだ、とり返しがつくかもしれない）

調子はずれはもとのままだから、家業を継がすわけにはいかない。小商売にでもとりつかせるか、志賀山流の踊り稽古場でもひらかしてやりたいが、それだけの資力も貯えもなかった。病身な小十郎は弟子をとりたがらず、中村座座附きとしての手当だけがおもな収入だから、うわべをかざる芸人ぐらしは内側へまわれば火の車で、貯えどころではなかったのである。

「福泉（ふくいずみ）の旦那」

と中蔵がよんでいる三年ごしの贔屓から、

「本人にその気があるならかたぎにして、小売り酒屋の店を持たせてやってもよい」

という話が出たとき、だからお俊は、二つ返事でとびついた。

江戸市中はもとより、近郊の都市にまで直売り（じきうり）の小売り網をひろげている造酒問屋で、ひじょうな富豪だが、四十に手がとどきかけた現在、なぜかまだ福泉が独身ということでは、やはり当分、中蔵にとって変則的な夜はつづきそうであった。

「しかし、稲荷町にいさせるよりはよい」

と小十郎も賛成だったし、なによりは当の中蔵が乗り気になった。彼の場合、はじめからはっきりした利害の打算があったわけではなく、むしろうわさを耳にしたときの稲荷町の仲間の、すさまじいまでの嫉(ねた)み、うらやみの反応から、まいこんだ幸運の重みを理解したということろらしい。

福泉の持ち地所である人形町の、目ぬきの角地に、やがて大工がはいり、新店(しんみせ)の建築がはじまるとまもなく、中蔵はお俊につれられて中村舞鶴のもとへ、座をやめるむねの正式なあいさつに出向いた。子方から若衆方へぬけたばかりの、十五歳の春であった。

四

福泉から分けられてきた番頭ひとり、手代ひとり、小僧三人が店のきりもりに当り、中蔵は旦那のすむ本石町の本邸に寝とまりするという毎日がはじまった。

「腕じゃあねえ、尻で開いた店だ」

「どうりであすこの酒は肥たご臭えや」

そんな悪口が芝居町を風靡(ふうび)したのは、いっぱし大店(おおだな)のあるじぶって、中蔵が小屋にあよろこばせた。

「これからは贔屓にしてやるよ」

と言ったのが原因だが、場所がらがよいのか番頭たちの手腕か、店は繁昌し、お俊をよろこばせた。

中蔵が福泉へ移ってまもなく、脚気を病んで小十郎が寝ついた。手のかかるさかりの弥八をかかえ、目がまわりそうな忙しさの中でお俊は小まめに店へかよい、食事の指図から夜具の手入れまで、なにくれと奉公人たちの世話をやいた。

順調にいった期間は、しかし三年とつづかなかった。中蔵が十七歳になってまもなくの正月、お俊は本石町によばれ、

「中の世話はこれかぎり打ちきりたい。そのかわり今はいっている商品ぐるみ店をやる。地代はあらためて払うこと。番頭や手代は引きあげるから、商売はそちらでするように」

と福泉に言いわたされた。中蔵が金を着服したのである。

ある旗本の隠居に懇望されて、秘蔵の茶碗の譲渡をむりやり承知させられた福泉は、しぶしぶうけとった手附の金子二百両を、

「私は今夜、連句のおつきあいでおそくなる。お前は下男をつれてさきへお帰り」

中蔵にあずけて屋敷から送り出した。

ところが暗がりにさしかかったとき、いつ、どうして嗅ぎつけたのか下男が居直り、ふところの金を出せと中蔵にせまった。はじめから用心して紐を下帯にくくりつけ、足のほうへ胴巻きをずりさげておいた中蔵は、

「金なんぞ持っているものか。うそだと思うならさがしてごらん」

衿もとをひろげた。さぐってみたがない。悪心をあらわにした以上、主家にもどれないと知った下男は、せめても行きがけの駄賃をむさぼろうとして、こんどは路上へ中蔵をねじ伏せにかかった。ところへ運よく提灯が近づいてきた。とびおきて下男は逃げ、そのまま逐電（ちくてん）してしまったのである。

この事件を中蔵は悪用した。金をかくし、下男にうばわれたといつわって福泉をだましたが、吉原で身分不相応な金を濫費したことから足がついた。

福泉にすれば、金よりも女に関心を持ちはじめた結果、自分への奉仕をおろそかにし出した中蔵が、憎くなったにちがいない。

「表ざたにせず、つぐないの金も求めず、店までやって手をひくというのだから、私もずいぶん甘い男だと思うよ」

女のように声がやさしく、眉がほそく、妙にのっぺりと凹凸（おうとつ）のすくない福泉の顔を、お俊はまともに見られなかった。言う通りなのだ。慙愧（ざんき）し、感謝して、ひきさがるほかなかったのである。

——幾日も店を閉じているわけにはいかない。早急に手がわりの奉公人をやとい入れ、そろばん玉のはじき方ひとつ知らない中蔵だが、いちおう帳場格子の奥に坐らせてかたちをつけた。

女遊びへの興味も封じなければならなかった。早いが、結婚させようとお俊は思った。

「お岸ちゃんをおもらい」

中蔵はせせら笑って、

「なんだい、あんなおたふく……」

とりあわない。お俊は怒った。

「女房にして、あれ以上の娘はいない。逃したら後悔するよ。お前なんぞにはもったいない嫁だ。もっとも、くれるかどうかはわからないけれどね」

杵屋喜三郎は難色をしめした。お岸はまだ十五なのだ。お俊はねばった。なきついて承諾させた。お岸自身、父に、

「ぜひ、ゆきたい」

と意思表示したことも効果があった。

祝言は内輪だけであげられ、新夫婦は人形町の店で所帯を持った。ままごと遊びさながら一対である。すれっからした渡り奉公人が、つけ入らないはずはなかった。たち

まち使い込みがはじまり、あげく掛け売りの集金を拐帯(かいたい)して手代は行くえをくらましてしまった。

あいにく小十郎が重態におちいり、お俊は和泉町に釘づけにされていた。知らせに、やっとひまをつくって駆けつけ、帳面や受けとりのとじ込みをしらべてみた。問屋にまであちこち借金ができている。支払い金をごまかされたのだ。返すメドはつかなかった。

「店を手ばなそう」

話はついそこへ落ちた。独立後、一年になるやならずで元も子も失ったのである。

長谷川町の三光新道に小家を借り、八畳間を板敷きに改造して志賀山流踊り指南所の看板を出したが、中村伝次郎が肩入れしてくれたにもかかわらず、弟子ははかばかしくあつまらなかった。十六か七で主人の金をごまかし、吉原の女に入れあげたという前歴が、親たちをすくませるのだ。町家の娘相手の稽古所など、なりたつはずはなかったのである。

半年で看板をおろしてしまい、中蔵夫妻は和泉町へころがりこんできた。このドサクサのさなか、脚気衝心(しょうしん)をおこして小十郎が急死した。弥八は九歳になっていた。美音で鳴らした小十郎の実子でいながら声の質がわるく、弥八も家業がつげなかった。笛をならってはいるが、いまのところ資質ははっきりしない……。

ともあれ一家四人、居食いしていてはたちまちくらしに窮してしまう。

「おっ母さん、おれ、芝居にもどろうかと思う」

思いつめた目の色で中蔵が言い出したのは、十九歳の年の暮れであった。

息子の目を、お倹はしずかに見返して、

「つらいよ」

ポツンと言った。四年間の空白――。それはまだしも、やめるさいに稲荷町の仲間に加えた侮辱は、万倍にもなって中蔵に報われてくるに相違ない。

「覚悟はしている。やつらに何をされても耐えるつもりだ」

「つもりではだめだよ、中。――お前、聞いたかい？　お岸から……」

「なにを？」

「あの子は妊娠しているよ」

「お岸が⁉」

「おとつい、いっしょに湯へ行って気づいた。三カ月だそうだ。――〝耐えるつもり〟なんぞではだめだよ、中」

袷の膝をつかみ、首の骨が折れそうに中蔵はうなだれた。

「わかった。耐えぬく。誓うよ母さん」

五

中村舞鶴のもとへ復帰をたのみにゆくことも、中蔵は自身でやった。給金は年に七両――。千両役者に投げとばされたり踏まれたりの、ふり出しからはじめ直したわけだが、勘がにぶったのかトチッてばかりい、ちょび頭の地獄杖がそのたびに背中にうなった。

稲荷町の制裁も、中蔵の予想を上廻って陰惨だった。毎日々々新手の責め苦を考え出して、彼らはあきずにそれを中蔵の心身にこころみる。商売がら、手足や顔にきずをつけては親方に叱られるから、もっぱら侮辱刑であった。

『お茶点前』というと、番茶に小水をまぜて飲まされ、鼠の糞を大福の皮につつんで食べさせられる。多人数で手とり足とり抑えつけ、口をこじあけて流しこむのである。長物板を八枚つみかさね、その上からとびおりさせるのは『義経八艘飛び』……。床に転倒する瞬間をねらって、

「そら、大浪だ」

身体の上に板を突きくずす……。

『編笠責め』というのは楽屋草履を鳥追い笠のかたちに結びつなぎ、帯にまでずらりと

草履をくりさげる。そして三味線を持たせ唄をうたわせ、首に荒縄をまきつけて一階二階三階を曳き廻すのである。

『時の鐘』をつかされることもあった。中蔵の全身を、頭部と足さきだけ残して蓆で簀巻きにし、撞木を見たてて天井の梁から横に吊りさげる。一方に焙り籠をさげ、かわるがわる簀巻きの一端をつかんで頭を籠に打ちつけるわけだが、このとき中蔵自身「ゴーン」と言わなければ、出ている足の裏を思いきりくすぐられ、悶絶寸前のくるしみを味わわされる。

鏡台の引出しが釘づけにしてあったり、鏡に油墨をぬられたり、おしろい箱の中身が灰とすりかわっているなどという嫌がらせはしょっちゅうだし、衣裳に手を通そうとすると袖口が縫いつけられている、裾からは髢がぶらさがる、あわてて解こうとするうちに舞台に出おくれ、頭取から叱責されることもしばしばだった。

中蔵は告げないが、お俊の耳には何もかもがつつぬけに入る。囃子部屋には兄の中村伝次郎、お岸の父の杵屋喜三郎もいるのだ。

「いかになんでもあれでは悲惨だ。なまはんか親方に訴えたり、おれたちが口を出せば、中への嫐りはますますひどくなるだろうし、どうしたものかな」

本人がこらえているかぎりは、自分もじたばたすまいと、お俊はしかし歯をくいしばる思いで、いっさい見ず聞かずに通していた。

だが、そのうちに、お岸の身の上に大事が起こったのである。九カ月の身重のある日、楽屋へ弁当をとどけに行った彼女は、劇場関係者だけがつかう出入り口からいったん奈落へおり、一階への梯子段ののぼり口でかしらの千代飛助に出逢った。真上、稲荷町の雑居部屋からは男たちのだみ声がワイワイ聞こえてくる。あがりかねて、

「あのう……」

ひと足さきに登りかけていたちょび頭（がしら）を、彼女はよびとめてしまった。

「あのう、申しわけないのですけれど、これをうちの人へお渡しいただけますまいか」

「お岸さんだね」

くらがりで、かしらの目がにぶく光った。

「おらぁ中の野郎の使い奴（やっこ）じゃねえぜ。弁当なら自分で持って上がんねえ」

「はい」

「いま上で、面白え遊びをやってらあ。ついでに見ていっちゃどうだい？」

二の腕をつかまれ、ひきずりあげられたが、安蠟燭の煙とほこり、男たちの体臭がむっと鼻をついて、海底にでももぐったようにしばらくは視界がはっきりしなかった。

車座になって二十人ほど坐っているのが、やがてわかった。手拍子をうち、声をそろえて、彼らは一つのことばを吠えるようにくり返している。

「えッつおーこんせん、えッつおーこんせん」

そう聞こえる。なんのことかお岸にはわからない。男たちはそろって片膝を立てていた。車座の中央にもひとり、全裸の男がい、何をしているのかめいめいの前を、けだるげな動作で這いまわっている……。

「越王勾践（えつおうこうせん）って遊びだよ、お岸さん」

耳もとで、ちょび頭がささやいた。

「薪（まき）に寝、胆（きも）を嘗（な）めた越王の故事にならって、あのまん中の男も、みんなの胆をなめているのさ」

このときひょいと裸の男が、血のけを失った顔をあげた。中蔵だった。お岸を見て、彼はやにわに逃げ出そうとした。三、四人がおどりかかっておさえつけ、

「つづけねえか」

もがき狂い、振りたてる顔面を、むりむたいに一人の下腹部へ押しつけた。

梯子段をふみはずし身体を強打したお岸は、それでも起きあがって奈落を走り、出口で倒れて気をうしなった。留場（とめば）の男が見つけて仲間をよびたて、家までかついできてくれたが、直後から苦しみ出し、三日目の夜に死胎児を早産して、多量の出血のため危篤におちいった。産婆だけでは処置しきれなくなった。

医者がかけつけ、お俊も弥八もがてんてこまいしているすきに、中蔵はふっと家を出て行ってしまったのである。

出血がどうやらやみ、伝次郎の妻や近所の主婦など、手つだってくれた人々も帰ってから、お俊ははじめて中蔵の失踪に気づいた。夜が更けていた。

「いいね、嫂さんをよく看ているのだよ」

弥八に言いふくめ、さがしに出ようとして上りがまちをおりかけたとき、表戸があき、中蔵が土間へころげこんできた。

泥酔しているのかと思ったが、そうではなかった。髪の毛から着物、下着まで彼はずぶ濡れになり、履物もなくしていた。

(自殺するつもりで川へとびこんだのだ)

お俊にはすぐ見当がついた。泳ぎができるため死にきれず、濡れねずみのままもどって来たのだろう。

上から下まですっかりぬがせ、寝巻きに着かえさせて床をとった。蠟をけずったように中蔵の頰はこけ、暗い行燈の片明りをうけて、美貌には一種のすごみと、頽廃の色がにじんでいた。乳の奥に、お俊はやるせない、いつもの痛みを感じた。いとしかった。同時にたまらなく中蔵が憎かった。

(いくじなしッ、いくじなしッ、いくじなしッ)

苦悶にゆがんだその寝顔へ、声のない絶叫を彼女は叩きつけた。

中蔵は自暴自棄になった。酒におぼれ、博打に手を出しはじめた。

みるみる家計は逼迫した。お岸は寝たきりであった。ちょっとでも起きるとはげしい頭痛、めまいに襲われる。お俊は弥八に手つだわせ、桐下駄けずりの内職に寸暇を惜しんだ。

小屋へも、中蔵はまじめに出なくなった。自分の持ち役だけおざなりに勤めると、さっさと帰宅してしまう。稲荷町の制裁にも不感症のようになり、一行二行の科白の書き抜きなどは、

「なんでえ、こんなもの」

ほうり出して、ろくに目を通しもしないため、ある興行の初日、とうとう彼は大しくじりを演じるはめになった。

四代目市川団十郎の舞台のさいちゅう、取りつぎ役の扮装で花道からかけだし、附際に手をつかえて、

「申しあげます」

とまでは言ったが、あとがつづかない。

「あわただしい。なにごとじゃ」

ひと睨み千両の眼を団十郎はギョロッとむく……。やぶれかぶれだった。

「ごめん」

さけびざま舞台へ走り入り、団十郎の耳へ口をよせて、

「成田屋の親方、忘れました」

と小声で言った。

「しからば、これへと申せ」

「ははッ」

夢中で下手へかけこみ、遠い柝の音を聞きながら顔を落とした。さすがに身体じゅうから力がぬけた。もう終りだと思った。ところへ成田屋の男衆が迎えに来た。

「親方がよんでますぜ」

おそるおそる部屋の敷居へ手をつかえたとたん、団十郎の声がとんできた。

「若いの、なかなか気転がきくじゃねえか」

大きな眼が笑っていた。

六

立ち直りの、これが転機になった。

市川宗家子飼いの直弟子ばかりで組織されている修行講——若手の研鑽会に、中蔵は組み入れられたのである。

奮起した。生来の負けん気がグイグイ頭をもたげ出した。

当時、一日の狂言立ては、まだ夜があけないまっくらなうちに、まず番立ちの三番叟が演じられ、つぎに大江山、七福神など、脇狂言がおこなわれていた。序開きは稲荷町の役者がつとめ、二立目を中通りが演じる。このあたりでやっと朝になる。そして三立目……。いよいよ本式の序幕となり、四立目、五立目、六立目とつづいて、大詰めにうつる順序であった。

つまり序開きや二立目などは、まともな観客はほとんど見ていない。場内の物売り、下足番のおやじ……、客の場合もよほどのものずきか、ひま人がチラホラ土間に散っている程度だが、そんな舞台でも一心に中蔵はつとめ、たとえば並び大名の役をふられても、毎日素袍は家に持ち帰って火ノシをあてた。初日を五日もすぎると、だれの衣裳もクタクタになる。小皺ひとつない中蔵の素袍は、当然目立った。

右のてのひらに、お俊は〝人〟という字を小さく三つ彫青した。朝、切り火で送り出すたびに、てのひらを中蔵の背にあてて、

「さあ、今日もしっかりやっておいで」

とはげます。三人のうちにかぞえられる役者になるように、との禁厭であった。

こうして二十五の年、中蔵はやっと稲荷町の地獄からぬけ出して『中通り』にすすみ、仲蔵とあらためた。

役らしい役もすこしずつ附きはじめた。

団十郎が不死身の六部（ろくぶ）、仲蔵が廻し者の下男……。髭（ひげ）をそりたいという六部のうしろへまわり、

「では、この草刈り鎌でそってやろう」

と、六部ののどへ鎌をひっかける。とじていた大まなこをカッと見ひらいて団十郎が睨む。見物はどよめく……。このあともう一度、見物が大きくどよめくのを、ある興行中、ふしぎに思って、団十郎は、

「なぜだ？」

と弟子にたずねた。

「親方が睨んだあと、ひっかけた鎌が切れないので仲蔵さんがけげんそうに、上からそっとのぞく、その表情がよいといって、見物がほめるのでございます」

やりとりを耳にして、仲蔵はあくる日から余計な演技を中止した。

「今日は見物が一度しかうならなかった。仲蔵、手前、のぞきこむのをやめたな」

「へい。もしひょっと、親方のお邪魔になってはいけないと思いまして……」

団十郎は腹をかかえた。

「べらぼうめ、手前が逆トンボを打ったところで、おれの邪魔になんぞなるもんか。せっかくの工夫じゃねえか。千秋楽までつづけろい」

明和二年、三十歳の春の顔見せで『三組曾我』の伊豆二郎を演じ、好評をはくしたのをきっかけに、おなじ年の秋『三代源氏』の源頼親をつとめ、仲蔵ははじめて〝上々白吉〟の評価を得た。

中通りから相中へ飛躍したのもこの年のうちだった。お岸はあれから二度みごもったが、二度とも流産してしまい、夫婦には子がなかった。不満はそれだけ……。一家にはようやく明るさがよみがえったのである。

ところが、翌、明和三年九月――。尾上菊五郎帰坂お名ごり狂言に『忠臣蔵』が出、仲蔵には斧定九郎の役がふりあてられた。

彼はくさった。くだらない役だった。山岡頭巾に縞のドテラ、丸ぐけの帯、紐つきもも引き、かさね草鞋というやぼったい山賊いでたちで出て、与市兵衛を殺す。見ばえがしないことおびただしい。

見物もまじめにはだれ一人見ていない。ざわついて立ったり坐ったりという、いわゆる弁当幕であった。本来、中通りのつとめるこんなはした役を、相中の仲蔵にふった裏には、立作者の金井三笑のさしがねがある。三笑は日ごろ、目のかたきに二枚目作者の桜田治助をいじめていた。仲蔵はこの治助と仲がいい。腹いせをされたわけだった。

「なんだねえ。そんなことぐらいでくさるやつがあるものか。今までにない定九郎を工夫してみたらいいじゃないか」

お俊に叱られ、考えに考えたがよい知恵がうかばない。さなか、にわか雨を避けようととびこんだそば屋で、彼は一人の浪人者を見かけた。片手に破れ蛇の目、黒羽二重の引き解きの単物を裾からげし、茶小倉の帯に朱鞘の大小を落としざししている。肩が出るまで腕をまくりあげ、くすべ鼻緒の雪駄を腰にはさんで、

「ああ、ひでえ雨だぜ」

駆けこみざま傘のしずくをふるい、五分月代の水を手でシャッとこいだ。

(これだッ、これでゆこう!)

心中、仲蔵はおどりあがった。

衣裳、かつらの工面は、とぼしい家計の中からやりくりしてお俊がととのえた。与市兵衛役者や床の太夫、三味線ひきにまで祝儀をはずみ、極秘裡に打合せをとげて初日をむかえたのである。

あんのじょう、小屋がわれそうな大当りとなった。弁当幕が『忠臣蔵』全段の人気をさらってしまったのだ。白ぬりの定九郎が二つ弾丸をくらい、含み紅を口から噴き出して手足をもがくと、子供など恐怖のあまりひきつけを起こした。

仲蔵の地位は確定した。立役から、彼は実悪——それも色悪専門に転じ、日ましに人気を上昇させて行った。

出世も、それからは早かった。たちまち相中上分、名題上へとすすみ、四十一歳の正月〝上々吉〟の評価をうけると同時に、ひかえ櫓ながら森田座の座がしらとなった。

お俊が亡くなったのはこの年の冬だった。嫁の手をにぎって、

「たのむよ、お岸ちゃん」

ニコッと笑い、仲蔵へは、

「ごくろうだったね、仲……」

それだけ言って目をつぶった。

お岸に、仲蔵は『二代目お俊』を名のらせた。母につかえると同じ気持で、病身な妻をいたわりたかったのである。

木戸前のあの子

竹田真砂子

竹田真砂子（たけだ・まさこ）
一九三八年東京生まれ。八二年に「十六夜に」でオール讀物新人賞、二〇〇三年に『白春』で中山義秀文学賞、一一年に『あとより恋の責めくれば　御家人南畝先生』で新田次郎文学賞を受賞。著書に『牛込御門余時』『桂昌院　藤原宗子』『美しき身辺整理〝先片付け〟のススメ』など多数。

享保五年（一七二〇）

あの子は今日も来ていた。

丸顔の至ってあどけない面差しをしているが、つんつるてんの着物からぬっと突き出た手足は顔に似合わずすらりと伸びていて、あと二、三年も経てばさぞかしいい娘になるだろうと、密かに思わせるような女の子である。木戸脇の一段高い台の上に立つ三次は、群集から少し離れた所に立ってこちらを見ている、あの子を確かめて安心した。

あの子の姿が見えないと、一日中、気持が落着かなかった。馴染みの茶屋女に振られたような心持ちになるのだ。

「南無三、紅が流れた」

晴れ晴れとした声で三次は得意芸を披露し、戯場の木戸前に群がる客を沸かせた。

三次は、市村座の木戸芸者である。

戯場の木戸口の脇で、上演中の狂言のあらましを、面白おかしく語って通行人の関心を引く。役者の仕草をまねたり、声色を使ったり。木戸芸者の出来しだいで、客の入りが変ることもあった。

三次の得意芸は、立役の人気者大谷広次の声色で、特に、享保二年、江戸三座で競演した『国性爺合戦』の和藤内のものまねは、仇名に和藤の三次と呼ばれるほどの評判をとった。

『紅流しの場』は、この狂言の見せ場中の見せ場だ。ことが作戦通りに行くか行かぬか、吉ならば白粉、凶ならば紅を溶いて川に流すと、味方同士合図を決めておくのだが、結局、川には紅が流れる。これを見た一方の雄、和藤内は、こと破れりと知って、石橋の上で大見得をきりながら「南無三、紅が流れたァ」と叫ぶ。このセリフを、三次は、何度繰り返したことか。ことによると、本役の大谷広次より多いかもしれない。市村座の『国性爺』が、ほかの二座よりも大入りで大当りしたのは、木戸芸者の力もおおいにあったと、実のところ、三次は自分を誉めている。

あれから三年。有難いことに、木戸前に詰めかける客の中には、三次の和藤内を覚えている奇特な御仁もいて、「和藤の三次」と声をかけてくれたりする。そんな時三次は、ついうれしくなって、今上演されている狂言でもないのに、「南無三、紅が流れたァ」を、やってしまうのである。木戸前の客は沸いたが、座元の機嫌は損じた。

「お前、どこの戯場の木戸芸者やっているんだい？」

声色の主の大谷広次からも、和藤内よりほかに当り役がないようでみっともない、と苦情を持ちこまれた。三次は、小柄で貧弱な体を一層縮めて恐れ入ったが、口癖のようになっているこのセリフは、普段のさりげない会話のうちにも、「南無三、なにがなんとやらァ」と、いろいろに姿を変えてとび出して来てしまう。その度に三次は、首をすくめ、座元の耳に届きはせぬかと、周辺の様子を窺っていた。

元より好きで始めた仕事である。好きだから、実入りの悪いのも承知で、この戯場の木戸口に立って、他人のものまねをしている。それなのに、好きな時に好きな声色ができず、こんなにびくびくしていなければならないのなら、木戸芸者なんぞやめてしまった方がいい。と、思わないでもなかったが、三次には、そんな度胸はなかった。声色を使う以外、なんの取り得もないのだ。この仕事に、すがりついて生きて行くしかなかった。

初めてあの子を見かけたのは三月くらい前だったろうか。夏狂言が評判を呼んでいた頃だ。木戸前にいた客のほとんどが戯場の内に入り、三次も、女方の声色が得手の相棒、民蔵も、ほっと一息ついている時だった。

人影の消えた木戸前の道端に、女の子が一人立って、丸い目でこちらを見つめていた。

三次が気付いて笑いかけると、女の子は、恥ずかしそうに俯いて、向うへ行ってしまった。以後、三次は、その子のことが忘れられなくなった。

「また来ているな、あの子」

いつも、気になって仕方がない。が、相棒の民蔵は「え、誰が?」と、まるで眼中にないようだった。無理もない、相手はまだ肩揚げのとれていない、ほんの子どもだ。三次より十余りも年下の、若い民蔵の眼には、色だの恋だのがからむ年頃の女でなければ映っては来ないのであろう。俺も年をとったものだ、と、三次はそっと苦笑した。

それにしても、あの子は、なぜ一人でこんな所に来ているのだろう。贔屓役者が、戯場から出て来るのを待っているのだろうか。それなら、裏木戸へ廻った方がいいのだが。

客が引いたあと、三次は台をおり、目鼻立ちが整っているとはいえない顔に、精いっぱいの笑みを浮かべて女の子の方に近付いて行った。

「芝居、好きかい?」

女の子は、俯きながら首を縦に振った。

「いくつ?」

「十二」

「誰が好き?」

贔屓役者の名を訊いたつもりだが、女の子は、黙って首を傾げる(かし)だけだった。

三次の方から二、三役者の名をあげてみる。その度に、女の子は、首を左右に傾げ変えた。

思案に余った三次は、大谷広次の声色で「南無三、これも違ったかァ」といい、見得をきるまねをした。すると女の子は、丸い目を一気に細めて笑顔をみせた。

「なんだ、そうだったのかい」

三次も笑った。わくわくしてきた。

「舞台を見たことあるかい？」

女の子は首を横に振る。もっともだ。見うけたところ身なりは貧しい。素足につっかけている下駄も歯がすりへっていて、草履と同じくらいの厚みしかなかった。両親に連れられて芝居見物など、とてもできる暮らしぶりではなさそうである。

「おいで、見せてやるから」

先に立って三次は木戸口に行きかけたが、女の子はついて来なかった。

「なんだ、せっかく、おじさんが達引(たてひ)いてやろうと思ったのに」

三次はがっかりした。そんな三次を慰めるように、女の子がいった。

「帰りが遅くなると、叱られるもの」

女の子は、主人持の身の上であった。

名前はおつね。魚屋だった父親が一年前に急死したあと、母親は故郷の房州に帰って、浜で働き始めたが、どうにも暮らしが立ち行かなくなって、おつねは奉公に出ることになった。奉公先きは、この芝居町からそう遠くない田所町に住む、江戸節の女師匠の家。五、六日おきくらいに旦那がやってくる。そういう時は、「遊んで来ていいよ」と、外に出される。外には出ても、お銭はないし、土地に不案内だし、頃合いを見計らって帰らなければならないから、あまり遠くへは行かれないし、ほかに思いつく所のないまま戯場の前に来て、暇を潰しているのだという。

「ここにいると、面白いから」

おつねは、少しだけ心の内を見せてくれた。

だが、すぐに「もう帰らなきゃ」といい、三次に背を向けて走り出した。

その左の袂から長い紐がぶらさがっているのに気付いた三次は、おつねの小さな背中に、慌てて声をかけた。

「おいおい、袂、袂」

おつねは立ち止まって袂をさぐり、中味を取り出して振ってみせた。

紅い紐のついた縞柄の前垂れだった。外に出る時、急いではずして袂に押しこんだのだろう。おつねのような着たきり雀は、前垂れ一枚、つけるか、はずすかで、普段着とよそゆきの区別をつけるのだ。

どんどん駆けて行くおつねの後姿を見送りながら、三次は口の中で呟いた。

「こんど、おじさんが、紅い半襟を買ってやるよ」

その半襟をつけさせて、本物の大谷広次の舞台を見せてやろう。

三次は、そんな気になっていた。

最後に半襟を買ってから、もう六年が経つ。上等の緋縮緬だった。まもなく十七の正月を迎えようとする、娘のおきわのために張りこんだものだ。しかし、おきわは見るなり、

「こんな子どもじみた襟、あたし、嫌ぃ」

情容赦なくいって、半襟を突き返した。

一瞬、三次は、目の前が真っ暗になった。娘に、こんないわれ方をされるとは思わなかった。

「うれしいっ、おとっつぁん、ありがと」

緋縮緬の半襟を胸に抱き、左頰に深い笑くぼのできるあの顔で、きっと笑ってくれると、今の今まで信じていた。それなのにおきわは、礼をいうどころか、気に入らないといって、父親の顔もろくに見ないで突き返したのだ。いつからこんな、あばずれた仕草をするようになったのだろう。

「人手が足りなくて困っているから、おきわちゃんを、手伝いに寄越しておくれでない

か」

葺屋町の、芝居茶屋の女主人(あるじ)に頼まれて、手伝いに出したのがいけなかったのだろうか。ほんの一時(いっとき)のつもりだったが、本人も面白がっていたし、正直なところ、おきわが貰ってくる給金は、貧乏所帯の足しにもなった。べつに酒の相手をするわけではないし、客種もいい。仕事といえば、芝居見物に来た大店の旦那衆や、武家の奥方、奥女中など、身状(みじょう)の知れた方々相手に、桟敷へ案内したり、茶菓を運んだりするだけだ。行儀見習いにもなることだからと、ついずるずる、半年余りも通わせていた。

よく見れば、おきわは紫色の半襟をかけている。いっぱしの大人ぶって、粋がって、あんな生意気な色合いの半襟を……

三次の頭に血が昇った。いきなり、上背のあまり変らぬおきわの襟元を摑み、

「なんだ、商売女みたいな形(なり)をしやがって」

怒鳴りつけて、その場へ引き倒した。

成り行きを、はらはらしながら見守っていた女房が、三次の腰にすがりつく。

「すみません、あとで、よくいってきかせますから」

女房に止められた三次は、不承不承ながら矛を収めかけた。ところがそこへ、おきわの声がとんできたのだ。

「前から思ってたんだ、おっかさんは、どうして、こんな男と一緒になったろうって。

あたし、恥ずかしくて木戸前を通れない。役者でもないのに大声でセリフをいって客引いてさ。見得まできってさ。ただの物まねのくせして妙に気どってさ。朋輩に、あの木戸芸者、おきわちゃんのおとっつぁんだってねって、いわれてごらん、どんな惨めな気持になるか。あたし、嫌だから、こんなおとっつぁん、恥ずかしいから」

恥ずかしい？　父親のことが恥ずかしいと？

三次にしても、初手から木戸芸者になろうと思っていたわけではない。末は一枚看板の大立者になるつもりで、十四の時に、当時人気随一の生島新五郎に弟子入りした。しかし、体つきが貧弱な上に容貌(きりょう)は悪し、勘は悪し、人付合いも悪くて、しだいに師匠からは疎(うと)まれ、仲間からもはずれていった。そして、遂には、舞台との縁も切れてしまったのである。

役者の道は断たれたが、人の物まねが上手(うま)いところから木戸芸者になり、今では、この道の立者になったと、自分では認めている。それをなんだ、恥ずかしいだと？　親だぞ、父親だぞ。

「誰のお蔭で大きくなったと思っていやがるんだ」

三次は、つい、いってはならぬことを口走ってしまった。親が子を育てるのはあたりまえ。日頃は、毛筋ほども恩着せがましく思ったことはないのに、この時は、よほど狼狽(うろた)えていたのだろう。

その隙を、おきわは見逃さなかった。

「おっかさんのお蔭さ。おっかさんのお針のお蔭で、あたしは大きくなったのさ」

女房はおろおろしていた。おろおろしながら、娘の口を封じようとしていた。

「これ、おきわ、なんてことを」

女房は昔、吉原の遊女屋で針女（おはり）をしていた。冬のある夜、道端で、癪を起こして苦しんでいるところへ、騒戻り（ぞめき）の三次が通りかかり、介抱したのが縁になって所帯を持った。

所帯は持ったが、祝儀が頼りの、三次の実入りだけでは暮らして行けず、女房は賃仕事に精を出した。それは本当だ。本当には違いないが、こうあからさまにいわれてしまうと、亭主で父親で男の三次の、立つ瀬がまるでなくなるじゃないか。

「すみません、お前さん、本心じゃないんですよ。おきわだって分っているんです」

女房は、しきりに謝った。

身寄りのない女であった。その上病身である。そんな自分と所帯を持ってくれたと、三次に恩義を感じているような、不憫な女であった。その娘のはずなのに、どうしておきわは気が強くて、明けっぴろげで、我儘なのだろう。おまけに体も、むやみに丈夫ときている。

誰に似たのか、と、時々三次は不審に思うこともある。だが、父親と同じように張っている小鼻の形を見ると自然に心がなごみ、なんでも許せる気分になった。ところが、おきわは逆に、それが悩みの種だという。

「この鼻を見ると、虫唾（むしず）が走ってならないよ」

いつも我が身を、不運だと嘆いた。

なぜこんな娘に育ってしまったろう。小さい頃は、可愛い可愛いおきわだったのに。

今のおきわは、まるで別人だ。


本当に、本当におきわは可愛かった。

赤ん坊の頃、あんまり可愛くて、「食べてしまいたい」と、真実そう思った。自分の体の内に入れておくのが、一番安心できる養い方だと考えついたのだ。この頃は、十月（とつき）十日（とおか）、我が腹に留めて、赤ん坊を独り占めにしていた女房に、妬みさえ覚えていた。

「三次さんの可愛がりようは格別だね。目の中に入れても痛くないというのは、こういう可愛がり方をいうのだろう」

近所の八卦見（はっけみ）に冷やかされた時など、三次は、実際に、おきわの柔い小さな指を、自分の眼の中に入れさせてみたほどだ。少しも痛くはなかったが、二、三日、白眼が赤くなっていた。

歩けるようになると、三次は、おきわを、自分の足の甲の上に立たせ、「それ、よいよいよい」と拍子をとりながら家の中を歩き廻った。

甲の上に感じるふわふわの足の裏。少し赤みのさした、白くて小さなおきわの足。それは、黄金仏の尊いおみ足よりも、三次にとっては、ずっと貴重で有難いものだった。おきわは、この遊びが好きだった。きゃっきゃっと、声をあげて喜んだ。何度も何度も同じことをやってくれ、とせがんだ。戯場から帰って来て、くつろごうとしている三次の肩先きに、すべすべの顔をのぞかせ、

「よいよいよい、ね、ね」

廻らぬ舌で催促した。

夏の日盛りに、肘枕で転寝(うたたね)の最中を襲われたこともある。父と娘は、汗をしたたらせて部屋の中を歩き廻り、そのあと、盥にはっておいた日向水にとびこんで、一緒に行水をつかった。

そういえば、「ちゃんか、ちゃんか」も、おきわのお気に入りだった。三次が仰向けに寝転び、上にあげた足の裏におきわを腹這いに載せて、足を上下左右に揺らす。いわば曲芸のまねごとで、この時、口三味線よろしく「ちゃんか、ちゃんか」と囃したてることになっている。女の子には、少々乱暴に思える遊びだが、いつも下から見上げてばかりいる父親を、高い所から見おろすのが、おきわには、たまらなく面白いらしかった。

誇らしげな顔つきがまた無類で、三次は、娘に征服されたい一心で、自分から、

「おきわ、ちゃんか、ちゃんかしてやろう」

誘いをかけることも屢々あった。

三次は、暇さえあればおきわを抱きしめていた。首ったけだった。

おきわも、誰よりも父親になついていた。父親が髭面で頬ずりしても、ちょっと迷惑そうな顔はしたが、泣かなかった。その迷惑そうな顔をまた見たくて、三次は、神仏を拝むような心持ちでよく頬ずりをさせてもらった。

その頬ずりを初めて拒絶されたのは、忘れもしない、おきわが八つの時だ。

「やだ、汚い」

頬を寄せようとする父親を邪険に突きのけて、おきわは向うへ行ってしまった。

汚い？　おきわは、雨上がりのぬかるみに投げ捨てられている破れ傘でも見るような目つきで、父親を、汚い、といったのだ。三次は、我が耳を疑った。

それからのおきわは、あれよあれよという間に、三次から遠のいて行った。

「おい、毛抜きを持って来てくれ」

髭を抜こうと、縁側から声をかけたが、おきわは、聞こえない振りをして近付いて来なかったし、祭り見物に行こうと誘った時も、

「お杉ちゃんと一緒に行く約束したから」

と断られた。父親と行くより、近所に住む同じ年格好の遊び友達と行く方が楽しい、というわけだ。ついこの間まで、人中へ出ると女の子のくせに、父親に肩車をせがんで

いた、あの甘えんぼうのおきわは、一体どこへ行ってしまったのだろう。

「すみません。お前さん、あたしの躾ようが悪いものだから」

女房はただ狼狽えて、謝ってばかりいる。

そんな母親にも、おきわの張りのある声がとんだ。

「よしとくれ、おっかさん」

父親に楯突くのは母親の躾のせいじゃない。あんまり父親が分らずやだからだ。娘を一体なんだと思っている。娘は父親の玩具じゃない。娘にだって心もあれば体もある。いつまでも、父親のいいなりになっているわけにはいかない、というのだ。

「おっかさんもね、もうちょっと胸をお張りよ。すぐにぺこぺこ、おろおろしてさ。惨め臭いったらありゃしない。そんなことだから、おとっつぁんがいい気になって威張りちらして、父親風を吹かすんだよ」

三次は仰天してしまった。俺がいつ威張りちらした？　いつ父親風を吹かした？　ただ娘が可愛くて仕方がないだけじゃないか？　それを、それを、おきわの奴……しかも母親にまで悪態をついている。俺はいい、俺はいいが、おとなしい女房がこれでは可哀そうだ。

仰天は逆上に進み、怒声になって口からとび出した。

「出て行け、お前なんか俺の娘じゃない。おっかさんを悪くいうような娘、俺は持った覚えがない。ここはお前の家じゃない、出て行け、出て行け」

泣き出すかと思っていたおきわは、涙も見せずにいった。

「そう、本当にいいんだね。出て行っても」

そして、いつのまに用意してあったのか、小さな風呂敷包みを一つ持って、見受けた限りでは朗らかに、家の敷居をまたいで外へ出て行った。

もうこれぎりになるのかと、三次は内心びくびくしていたが、その日の夕方、おきわは、「ただいまァ」と大きな声でいって帰って来た。

ちょっと芝居茶屋の手伝いに出たくらいで、充分世間を知った気になっていやがる。口先きは達者だが、中味はまだまだ小娘だ。

三次は少し安心した。万事は、これで落着するかに見えた。しかし、三次と独り娘の間に出来た溝は、埋まるどころか広がる一方で、まもなく、おきわは家を出て、神田の料理屋の仲居になった。

たまには戻って来ることもあるようだが、いつも三次の留守中である。母親と二人、水入らずで、くず餅など食べながら話しこんでいくらしい。夕餉の膳に上等の焼魚や野菜の煮物が載っていることがあって、三次が、

「どうしたんだ、これ」

と訊ねると、

「おきわが持って来ました。板前さんがとてもいい人で、おとっつぁんへ土産にって、くれたんですって」

悪びれずに女房は答え、おきわから聞いた、大きな料理屋の繁昌ぶりを伝えた。

三次一人が蚊帳の外に置かれていた。三次は、女房が羨ましかった。

それから、しばらくして、女房が死んだ。死ぬその日まで針を持っていた。

通夜と葬式は、知らせをうけて戻って来たおきわが、ご近所の手を借りて、滞なくすませた。その間三次は、棺桶の傍に、ぼんやり座っているだけだった。

おきわは役目を果たすと、その夜のうちに、

「おとっつぁん、お後お大事にね」

他人行儀な挨拶をして、神田へ帰って行った。女房の死が、娘との縁の切れ目になった。本所の菩提寺へは、時折、墓詣りに行くようだが、そう遠くない所にある、生まれ育った実家には、影さえ見せない。どうやら亭主がいるらしいという話も、人伝てに聞いた。

俺は、なにをしてきたのだろう。

ろくな掃除もしていない家の中で、しみだらけの天井を眺めながら、三次は考えこむ。

家財道具は、女房が生きていた頃のままになっているが、あまり使わないせいで、ほ

こりだらけになっていた。

「おとっつぁん、おっかさんの為になるようなこと、なにをした？」

いつだったか、おきわは、そういって父親を詰った。そんなおきわを、

「一緒になってくれたもの。それで、あたしは助かったもの。一番の為じゃないかね」

女房は、窘めていたっけ。

三次もその通りだと思っている。だが、よく考えてみると、女房になってくれて、娘を産んでくれて、助けられたのは三次の方だ。おきわの言い草が、身に重くのしかかってきた。とすれば、助けられたのは三次を一人前の男らしく仕立ててくれたのは、その女房ではないか。

まったく、なんの取り得もない男だ、俺は。今さらのように三次は、我が身を責めた。

父親は、腕のいい植木職人だった。おとなしく父親の跡を継いでいれば、今頃は三次も、親方と呼ばれ、大店の寮や、武家屋敷に出入りして、結構な庭を、我が物のように眺めていただろう。それを、「職人になんぞなりたくねえ」と啖呵を切って家出して、役者の弟子になってしまった。揚句の果てが、ものになりそこねてこの体たらくだ。大手を振って往来を歩いているのが、申し訳ないくらいの、不出来な人間である。

たいした稼ぎもないくせに、くだらなく金を使い、いつも財布は空だったし、腹を割って話のできる友達も、ついに持てなかった。娘に、意気地なし呼ばわりされるのも、仕方のないことかもしれない。

なんとなく世の中がつまらなくて、つまらないのは自分のせいでなく、世の中が悪いような気がして、それでも、世の中に向かって苦情をいうほどの度胸はなくて、女房に当り散らすことで、とりあえず収まりにくい気持を収めていた。

「他人様がなんといおうと、あたしは、お前さんだけが頼りです。お前さんにすがって生きているんです」

女房のセリフは決まっている。口先きだけの慰めではなく、心底思ってのことだと、三次は、よく分っていた。結局、三次は、その女房の思いに抱かれて、今日まで過して来ていたのだ。それがやっと納得できた。もう誰も、三次を頼りにしてくれる者など現われまい。実の娘にさえ見放された、情ない男なのだ。

淋しかった、悲しかった、辛かった。三次は、人気のないのを幸い、家の中を転げ廻って泣いた。いっそ死んでしまおうか、とさえ思った。そしたら、ずいぶん気持がらくになるだろう。

では、どうやって死のうか。首吊りは見ばえが悪いし、侍のまねして切腹しようにも、命を絶てるほどよく切れる刃物なんぞ持っていようはずがない。淵川に身を投げたとしても、夜釣りの船に助けられでもしたひにゃあ、恥の上塗りになる。死んだ女房が取り憑いてくれれば、一番手っ取り早いのだが、根がやさしい上に病弱な女だったから、亭主に取り憑くほどの執念は、持ち合わせていないだろう。

く、独り言をいうようになっていた。

「あァあ、いけ張り合い(ええ)のねえ」

この先き、なにを生き甲斐にしていったらいいのか見当もつかないまま、三次は、よく、独り言をいうようになっていた。

木戸前に群がっていた客を、あらかた戯場の内に入れてしまうと、三次は、そっと、懐から緋縮緬の半襟を出して眺めた。

本町の呉服屋に行って、一番上等な品物を、向うのいい値で買って来た。今度、あの子を見かけたら、思い切って渡すつもりだ。

「なんだ、新しい情人(いろ)でもできたのかい。お安くないね」

相棒の民蔵が、三次の懐から覗いた紅い布を見咎めて、ひやかした。

「よしてくれ、そんなんじゃねえや」

慌てて打消したが、悪い気はしなかった。なんだか、しきりに胸がときめいていた。

だから、四、五日たって、木戸前に、つんつるてんの着物を着たおつねの姿を見つけた時は、駆け寄って行って、

「しばらくだね」

こちらから挨拶した。おつねは、「うん」と頷いた。

三次は下腹に力を入れ、密かに気合いをかけてから、緋縮緬の半襟を取り出した。

「これ、おつね坊に。きっと、よく似合うよ」

おつねは、きょとんとしていた。

三次は、しゃがみこんでおつねの手を取り、その掌に、紅い半襟を載せた。

「お前にやるんだよ。おつね坊の物だよ」

三次がいい終らないうちに、おつねは急いで手を引いて後(うしろ)へ隠した。緋縮緬が地面に落ちて、血を流したように横たわった。

三次は呆然としてしまった。おつねにも見放された。だが、

「お師匠さんに叱られる」

おつねの一言で、やっと三次は気がついた。

そうか、そうだったのか。年はもゆかぬ小間使いが、上等の半襟を持っていたら、盗みでも働いたかと、誰だって疑ってかかるだろう。江戸節の師匠にしても、とことんおつねを責めて、問いつめるに違いない。いい年をして、どうしてそこに気が付かなかったろう。本当に俺は、取り得のない、不出来な男だ。

「ごめんよ、おつね坊。おじさん、自分のことばかり考えていたね。少しも、おつね坊の身になってやらなかった。まったく、自分に愛想が尽きるよ」

涙が出て来た。

「恥ずかしい」と、父親を責めるおきわの声が耳元で響く。涙の粒が、地面に落ちたま

まの緋縮緬の上に落ちた。

しかし、いくら相手が子どもでも、このままでは引き退れない。少しくらいは、おじさんらしいところを示しておかなければ、明日から木戸前に立って、声色を使う気にもなれないではないか。三次は、気を取り直して、明るい声を出した。

「そうだ、大谷広次に逢わせてやろう。おつね坊、ご贔屓の役者にさ」

おつねが木戸前に立つのは、本物を見られないからだ。せめて、声色だけでも聞いて、本物の大谷広次を見たつもりになろう、としているのだ。

この幕が切れると、広次は役がすんで、楽屋から出て来る。そこを見計らって、おつねを連れて行く。たかが小娘一人とはいえ、向うも人気稼業。損得抜き、下心もなにもない相手だけに、粗略には扱わないだろう。なんといっても、大勢いる役者の中から自分一人を選んでくれたのだ。悪い気持のするわけがない。頭の一つもなでてくれるかもしれない。そうすれば、おつねも、「おじさんは、やっぱりたいしたものだ。大谷広次と、差しで話ができるのだから」と、三次を見直してくれるんじゃないだろうか。

「ね、凄いだろ、広次に逢えるんだよ」

おつねの機嫌をとるように、三次は下手（したで）に出た。ところが、おつねは首を傾げて、

「広次？」

といっただけだった。うれしそうな素振りも見せない。

「ああ、広次だよ。おつね坊、好きなんだろ？　広次の和藤内がさ」

すがるような思いで、三次は、おつねの顔色を窺った。

「べつに」

「べつに？　おつね坊、そりゃすげなかろう。おじさんが、こんなに一所懸命に、おつね坊を喜ばせようとしているのに」

さすがに三次は苛立ってきた。

おつねは、右から左へ、首を傾げ変え、それから、丸い目を、見開き直していった。

「だって、あたし、広次って人、べつに好きじゃないもの。好きなのは、おじさんだもの」

「え？」

「おじさんのこと、あたし、好きだもの」

「おじさんのこと？」

「死んだおとっちゃんがね、『南無三、紅が流れたァ』って、よくまねしてたから。市村座の木戸芸者が、こうやってたって、形までしてみせたから。だから、あたし、おじさん見て、初めてでも、すぐ、これだって分ったから……あたし……だから……だから……」

おつねは、本物の和藤内役者、大谷広次ではなく、そのまねをする木戸芸者の、和藤内の三次のご贔屓だった。取り得のない三次に、父娘二代に亘ってその芸を認めてくれる、ご贔屓がいたなんて。

「そうかい、そうだったのかい。おつね坊、ありがとうよ。ありがとうよ」

うれしかった。こんなに晴れがましい気分になったのは、おきわが生まれた時以来だ。うれしくて、うれしくて、三次は、おつねを抱きしめようとした。

するとおつねは、その腕をするりと抜けてしゃがみこみ、地面に落ちている紅い半襟を拾って差し出した。

「おじさん、紅が汚れるゥ」

三次は、おつねが手にする緋縮緬の半襟を見込んで、大きく、和藤内の見得をきってみせた。

戯場の内から、鳴物の音色に交って見物の歓声が洩れてくる。

……おとっつぁん……

おつねが、三次の腕の中にとびこんできた。

はじめての

畠中　恵

畠中　恵（はたけなか・めぐみ）
高知県生まれ、名古屋育ち。漫画家を経て二〇〇一年に「しゃばけ」で日本ファンタジーノベル大賞優秀賞を受賞しデビュー。一六年に「しゃばけ」シリーズで吉川英治文庫賞を受賞。著書に『けさくしゃ』『明治・妖モダン』『うずら大名』『明治・金色キタン』『まことの華姫』『わが殿』、「まんまこと」「若様組」「つくもがみ」シリーズなど多数。

一

「朝起きたらわれは、布団になっているに違いないや」

昨日も一昨日もその十日前も、一月前も、ずうっと変わらず、長崎屋の離れの寝間で寝込んでいた長崎屋の跡取り一太郎は、とうとう病人でいることに草臥れてしまった。

一太郎と言えば、気合いの入った病人であり、齢十二にして手練の病持ちであった。よって、日ごと違った病に罹ることには確かに慣れてはいる。

しかし、だ。もう大きいのだから限度というものがあっても良い気がすると、一太郎は布団に埋もれつつぼやいているのだ。

「人には二本、足があるんだもの」

だから寝てばかりいるより歩く方が、人らしい。それに、この世で一番親しいのが布団で、二番目が薬湯だというのは、どう考えても情けのない話ではないか。

「ねえ、こんな風に思えるってことはさ、病もすっかり治った証拠じゃないかしら」

そろそろ床上げした方が良いのではないか。一太郎は布団から半分顔を出して、佐助と交代で付き添ってくれている、兄やの仁吉に言ってみた。布団と化すより人になる道を歩む方が、真っ当な気がしたのだ。

しかし仁吉は、十七歳の若い顔をきっぱりと横に振った。

「ぼっちゃん、当分無理はいけません。鬼ごっこなどするから寝込んだんですよ」

仁吉が天井を見る目つきが、少々物騒なものになっている。

「遊んだだけだもん。仁吉はその内、息をしたら疲れるって、言い出すんじゃない？」

「ぼっちゃん、息はしていいですよ。でないと、死んじまいますからね」

「……はい」

とにかく当分の間、一太郎はよい子で寝ていなければならぬと、仁吉は思っているようであった。もう十二であれば、子供相手に言うように〝よい子〟などと呼ぶのは止してくれと一太郎が頼んでも、お構いなしだ。

「この部屋に顔を出す馬鹿どもにも、当分ぼっちゃんの邪魔をせぬよう、強く言っておきましたから」

「それで鬼ごっこ以来、部屋に来ないの？　仁吉、みんなの顔を見ないと寂しいよう」

「もう〝大きい〟のに、寂しいんですか？」

一太郎はふくれ面を浮かべて布団から肩まで出すと、寝間のあちこちに目をやる。すると隅の暗がりから幾つもの小さな怖い顔が、布団を見つめてきていた。

「鳴家(やなり)達いたの。おいでな」

手招きすると、部屋の隅の陰からわらわらと、身の丈数寸の小鬼達が現れ出てきた。緊張した顔つきで仁吉の前を駆け抜けると、布団の中へ滑り込んでくる。

そして、一太郎と同じように布団から頭だけ出すと、「きゅいきゅい」「ぎゅんいー」と満足そうな声を出した。だが仁吉は小鬼達を見ても驚くでもなく、「やれやれ」と言いつつ、落ち着いた顔をしている。

現れたのは、鳴家という家を軋(きし)ませる妖(あやかし)であった。廻船問屋(かいせんどんや)兼薬種(やくしゅ)問屋長崎屋には、数多(あまた)の妖が住んだり寄ったりしているのだ。実を言えば一太郎の二人の兄や、仁吉と佐助とて、白沢(はくたく)、犬神(いぬがみ)という人とは違う者達なのだ。

長崎屋の先代の主(あるじ)伊三郎(いさぶろう)の妻ぎんは、界隈(かいわい)でも名高い美貌(びぼう)の者であったが、実は人では無く大妖(たいよう)であった。一太郎はその血を引いているおかげか、妖を見ることが出来る。もっとも一太郎は人である故(ゆえ)、他に何かやれるという訳ではなかったが。

「ぎゅんぴーっ」

ふかりとした布団の感触が嬉(うれ)しいのか、一太郎の手や足があっても気にもせず、鳴家達が喜ばしげに布団の中で遊び回るので、くすぐったい一太郎は笑い声を上げた。すると、そろそろ一太郎の具合良しと見たのか、側(そば)にある屏風(びょうぶ)の中で、石畳紋の着物を着た絵が、碁盤を抱え動きだす。こちらも馴染みの妖で、屏風のぞきという名であった。だが妖は直ぐに動きを止めると、碁盤を器用に身の後ろへ隠した。そして、まるで怪しいところなど微塵もないような振りで、屏風の中で動かなくなってしまった。

「屏風のぞき?」

一太郎が首を傾げたその時、中庭から足音が近づいてくる。案内の小僧と、馴染みの岡っ引きである日限の親分に加えて、今日は可愛い声もしていた。

「おや、親分さんが誰ぞを連れて来たようだ」

そのとき、一際大きな声が聞こえてきた。

「だから親分さんには、迷惑を掛けたりしないって、言ってるでしょう」

「お沙衣さん、そういう問題じゃあねえんだよ。大家さんも心配してるじゃないか」

すると仁吉がさっと縁側に出て、親分に渋い声を掛けた。

「大声は止めて下さいな。離れでぼっちゃんが寝込んでいるんですよ」

すると開いた障子の隙間から、親分がひょいと頭を下げるのが目に入る。

「いや、お騒がせで済まねえ。見舞いに来たのに恥ずかしい」

ちょいと話もあると言う声がしたと思ったら、日限の親分が、見舞いの品だという饅頭を仁吉に渡した。いつもは食べるばかりか、出された菓子を持ち帰る親分が、珍しくも甘味を持参してきたせいか、仁吉が戸惑うような声を出している。

すると親分は笑い、饅頭は三春屋の栄吉から言付かった品だと言う。一太郎の具合が悪いと聞き、栄吉は見舞い用の菓子を、己一人で作ってみたというのだ。

（へー、栄吉が作ったお菓子かぁ。どんな味がするのかな）

一太郎が興味津々、いつものように兄やが菓子鉢に菓子を盛ってくれるのを待っていると、仁吉は、縁側で親分と客人が足をすすいでいる間に、するりと部屋に入ってきた。そしてちょいと菓子の香りを嗅ぐと、何故だか半眼となっている。

そして仁吉は、一太郎に饅頭を勧めてくれようとはせず、饅頭を手に屏風に近づいていった。それから屏風絵に手を突っ込むと、くいと屏風のぞきの顔を引き寄せたのだ。

「おい、何を……」

小声で言いかけた妖の口に、仁吉は黙ったまま見舞いの饅頭を押し込んだ。すると妖は途端に口元を手で押さえる。そして……屏風のぞきを描いた絵の具の色は、見ている間に青緑色になっていったのだ。

「あれま、どうしたんだい？」

突然の変色を心配した一太郎が、驚いて布団の内から小声を掛けたが、何しろ来客中ゆえ、他の言葉は吞み込むしかない。屏風のぞきは程なく、古びた瓜のような色になって、屏風の中でうずくまってしまった。

それを見た仁吉は首を振り、饅頭を袖の内へ落とし込む。そして菓子鉢へは来客用として、茶筒に入っていた花林糖を出したのだ。菓子が大好きな小鬼達が、仁吉の袖には見向きもしないで菓子鉢へ向かうのを見た一太郎は、布団の内から天を仰いだ。

(栄吉、餡子を作るのが苦手だって言ってたけど……本当みたいだ)

それにしても、作った物を食べて貰えぬのでは、菓子職人として作り甲斐が無いに違いない。

(われは友なのだから、この先栄吉が上手に作れるようになるまで、栄吉の作った菓子を食べなきゃ)

一太郎はそう心に決めた。

そうしている内に縁側の障子が開き、親分の方を見た一太郎は、思わず目を見張る。連れは、一太郎と幾つも違わないような若い娘であったのだ。親分は一太郎に見舞いの言葉を掛けると、まずは娘を紹介してきた。

「こちらはお沙衣さんと言ってね。今十五で、俺の縄張り内の長屋に、母御と住んでいるんだ」

(あ……三つ年上なんだ)

お沙衣は最近、母親のことで悩みを抱えているのだという。

「お沙衣さんのおっかさんは、おたつさんと言ってな。ここのところ目の具合が悪いんだよ」

仁吉が片眉を上げ、目の薬の話ならば店の方で聞くというと、親分は慌てて両の手を振った。おたつは既に、医者に診て貰っている。ただ。

「ただ、ねえ」

親分は何と言ったら良いのか分からないという顔をして、一寸言葉を切る。するとその間に、お沙衣が何とも煌々しい表情を長崎屋の二人へ向け、思わぬことを言い出したのだ。

「あたし、おっかさんの目を治すのに、七つのお宝が必要なんです」

一太郎は思わず、布団から身を起こしていた。

二

「七つのお宝?」

一太郎は黄表紙でも読んでいるような気持ちで、思わず身を起こした。その肩に、仁吉が急いで掻い巻きをかけると、横から親分が口を挟んでくる。

「待ちなよ、お沙衣さん。そんな風に言ったんじゃ、とんと事の委細が分からねえじゃないか」

それじゃあ、胡散臭い話に思われてしまうと言い、一つ花林糖をつまむと、先は親分が語った。

きっかけは二月ほど前、おたつが目を病んでしまったことであった。地面から砂埃が舞うことの多い江戸では、目の病を抱える者が多い。

「おたつさんは、手を引かねば歩けぬ程ではないんだよ。まだ幾らか見えるそうな」

だがお沙衣と二人、上物の着物を仕立て暮らしを立てている故、針目がよく見えぬのでは仕事をするのに困る。

「心配になったんだろう、おたつさんは古田昌玄という目医者に掛かったんだ。するとその時から妙な事になっちまってな」

昌玄はこの辺りに越してきたばかりの余り名の知れていない医者で、診察のお代が安いからと、患者が通うようになっていた。だが最近昌玄について、ある噂が聞こえてくるようになった。患者達の病を診る他に、昌玄が、妙な話をしていると言うのだ。

「ええと、何だっけか」

ここでお沙衣が、話を引き継ぐ。

「目を患うのは、品陀和気命のご機嫌を損ねたからだと、昌玄先生は言ったんです」

「品陀和気命？」

一太郎は布団の上で首を傾げた。目の病に霊験あらたかな、生目八幡宮の主神らしいと聞いても、考え込むばかりだ。

「初めて耳にする神社の名前だね」

するとその本性は万物に精通する白沢である仁吉が、横から生目八幡宮について語ってくれる。

「生目八幡宮は確か日向にありますね。目の病に霊験あらたかな神社で、多くの人々から崇敬を集めているとか。分霊された生目社が、他の場所にもある筈ですよ」

おたつが昌玄から聞かされたところによると、先年の火事で焼けた南鍛冶町の出世稲荷側に、その生目社があったらしい。

品陀和気命はせっかく東に下ったのに、大事なお社が焼けてしまった上、再建されないので機嫌を損じられ、このお江戸に目病みが増えたのだと昌玄は唱えたという。

「聞いた事が無い。その生目社、本当に出世稲荷側にあったの？」

一太郎の問いに、親分が首を振る。

「近所の人に確かめてみたんだがの。出世稲荷の横には、確かに小さなお社があった。内に土を盛った石組みの台だけが、今残っているんだ」

だがその台の上に生目社があったかどうかは、はっきりしない。長屋脇の本当に小さなお社だったゆえ、焼けてしまった今、確かめる手だてがない。しかし違うと言い切ることも出来ない。そうして事がはっきりしないでいる内に、目医者の昌玄は、更にその生業から外れたことを言い出したのだ。

「昌玄先生は、生目社を立派なお社にして、元の場所に建てたいと言われたんです。そうすれば、患者の目が治るからって」

「おやお沙衣さん、それは結構な志ではないですか。ただし、誰がその金子を出すのでしょう?」

皆に茶を出しながら、ここで仁吉が皮肉っぽく問う。するとまた花林糖をつまんだ親分が、妙な笑いを口元に浮かべた。目医者は、己で金子を出すと言っているのだ。

「へえ」一太郎が感心したような声を出すと、「ただし」という溜息を伴った言葉が続いた。

「ただし、生目社を焼けたまま放って置いたせいで、既に品陀和気命は機嫌を損じられている。これは土地の者達で何とかしなければならないと、そう昌玄は言ったのさ」

また品陀和気命だけでは無く、土地の産土神様にも礼は尽くさねばならない。よって。

「社を再建する前に、神に対し守護を願う祭りが必要だと、目医者は言うんだ」

「ああ、地鎮祭をしようというんですね。それはきちんとした対応で」

仁吉がそう言うと、向かいに座ったお沙衣が、親分と目を見合わせた。

「それが、品陀和気命と産土神様を同じ所で祭る故、並の地鎮祭では駄目なのだそうです。鎮壇具というものを、地に埋めなければならないとかで」

「鎮壇具？　どんな物なの？」

これまた聞いたことが無い。ここで親分が、盛大に顔をしかめた。

「昌玄によると、そいつは金、銀、真珠に水晶、琥珀、瑠璃に瑪瑙の七宝なんだそうだ！」

目を治す為だと言って、昌玄が患者達に奉納を求めたのは、ご大層なお宝であった。

お沙衣は膝の上で拳を握りしめ、小さく溜息をつく。

「そんなお宝を買えるお金があれば、もっと名医に掛かってます。でもおっかさんたら、是非に七宝を鎮壇具としてお納めしたいと言い出したんです」

それさえあれば病が治ると言われると、患者は弱い。だが母娘でせっせと縫い物をして、日々のたつきを稼いでいるお沙衣達に、七宝など揃えられる訳もなかった。するとおたつは、とんでもない事を思いついたのだ。

お沙衣はここで、ちょいとばかり頬を染め黙る。すると親分が先を続けた。

「なあ、お沙衣さんは可愛いだろう？　日限地蔵の辺りじゃ、その内錦絵の一枚絵になるに違いねえと、専らの評判でな。既に幾つかの縁談が持ち込まれているのさ」

おたつは仲人に、お沙衣と添いたい者は、件の七宝を結納の品に加えるつもりでいて欲しいと、そう伝えたのだ。

義理の母となる、おたつの願いを叶えられぬような甲斐性なしには、お沙衣はやれぬということだ。親分の口の中で花林糖が、がりりと音を立てた。

「だがなぁ、お沙衣さんはおっかさんのやりようが、納得出来ないんだと」日限の親分が、僅かに苦笑を浮かべつつお沙衣を見ている。「だって」お沙衣が、ほの赤い唇を尖らせた。

「それじゃあ亭主になるお人を、お金で計る事になります」

金、銀、真珠に瑠璃などの七宝を結納として贈れ、などという条件を付けたら、かなりの金持ちでないと、お沙衣を嫁に欲しいとは言えなくなる。きちんと働く一人前の男なら、お沙衣は長屋住まいでもいいと思っているのに、だ。

でも娘としては、目を治したいという母の気持ちも無視出来ない。お沙衣はりりしい表情を作ると一太郎の顔を見つめ、きっぱりと言った。

「だからあたし、自分で七宝を集めようと思っているんです」

「えっ！」

一太郎はまじまじとお沙衣を見つめた。まだ十五歳のお沙衣に、宝玉を集められるものだろうか。すると親分が横で、大仰な溜息をついた。

「これなんだよ。何度無茶だと言って止めても、言うことを聞かないんだ。だから今日、お沙衣さんを長崎屋へ連れてきたのさ」

廻船問屋である長崎屋でなら、瑪瑙や真珠がどれほど高直か、分かるはずであった。七宝が、長屋暮らしの十五の娘に買えるものかどうか、仁吉から言ってやってくれと親分が頼んでくる。仁吉は苦笑を浮かべ、お沙衣に首を振った。

「馬鹿(ばか)を言っていると、その内身売りをする羽目になりますよ」

お沙衣は直(す)ぐに顔を真っ赤に染めた。しかし無理だと言われても、頑固な目をして黙り込んだまま、諦(あきら)めると言わない。そんなお沙衣の顔を、こっそり花林糖を持ち去ろうとしていた鳴家(やなり)達が、目をくるくる回して見ている。仁吉の言葉を聞いても納得しない様子のお沙衣は、不意に親分に問うた。

「ねえ、親分さん、もしかしてお宝集めを止めさせてくれるよう、熊吉(くまきち)さんに頼まれたんじゃないですか？　あの人、心配性だから」

「熊吉？　あの大男の簪(かんざし)職人かい？　そいつぁ違う。頼まれたといやぁ、大家さんだな」

「誰も彼もが、無理だって言うの」

「そりゃ、無理ない事だ」

「だって、このままじゃ……」

段々お沙衣の声が大きくなってゆき、それに驚いたのか、鳴家達が離れをぎしぎしと軋(きし)ませている。仁吉の眉間(みけん)に深い皺(しわ)が寄ったのを見て、一太郎はお沙衣の肩に手を置き、もう少し落ち着くよう声をかける。だがびくりと身を震わせたお沙衣が、それを払った。

「これ以上言わないでっ」

その途端であった。一太郎の目の前に、突然明るい点が幾つも浮かんだのだ。

「あれ……？」

気が付いた時、ひっぱたかれた一太郎は、布団の上に転がっていた。

「わあああああっ、ぼっちゃん、息をしていますかっ」

寸の間、部屋が全て白かった。だが仁吉の悲鳴で我に返ると、兄やの引きつった顔が見える。後ろで日限の親分が、まさに決死の顔付きで、お沙衣と仁吉の間に割って入っていた。

「あれま、われって……ぶたれたのかな」

頬がうずくから、そうなのだろう。きっとそうだ。そうに違いない。

「なんと、ぶたれるって、痛い」

生まれて初めての体験であった。何しろ一太郎の両親は、蜜がけの砂糖の山に餡子と羊羹を添えたものより息子に甘いのだから。一太郎は、打つよと親に脅かされた経験すらなかった。

（お沙衣さんに、怒られてしまった。何でここまで七宝にこだわるのかしらん）

一太郎にはさっぱり分からない。七宝を求めるより、長崎屋で効きそうな薬を買った方が、おたつの目には良いと思うのだが。

（このままだと、もしかしたら三日後になっても、やっぱり訳が分からないかも）

一太郎が無事だと分かって、ほっとした後、仁吉は猫のように黒目を細くし、お沙衣を見ている。ひやりとした一太郎は、その腕を押さえ、打った訳をお沙衣に問おうとした。とにかく落ち着いて話を始めた方がいいと考えたのだ。

しかし。

気が付いたら全く別の言葉が、お沙衣に向き合った一太郎の口からこぼれ出ていた。

「あれま……よく見たらお沙衣さんは、おっかさんに似ていなさる」

「……はぁ？」

どうしてだか、部屋内の皆が動きを止めた。

勿論（もちろん）、片親が大妖であるおたえと、一太郎の頬を張った若いお沙衣では、感じは異なる。おたえのように、富士のお山が噴火しても、のんびり茶を飲んでいそうだとか、店が焼けているのに慌（あわ）てもせず、奉公人達が全員逃げたか否（いな）か、ゆったり数えていたとか、そんな妙に並から外れた感じは、お沙衣にはない。

お沙衣は、普通の人であるからだろう。だが、だが。

何というか……柔らかく甘いお菓子の似合う人だと思う。

「口元とか、本当に似てます」

お沙衣は目をしばたたかせ、一寸（ちょっと）言葉が出ない様子だ。仁吉は黒目を元に戻すと、一太郎とお沙衣を交互に見てから、一太郎の額に手をやり首を傾げている。日限の親分はしばしあんぐりと口を開けたままでいたが、その内口元をひくつかせ、笑みを一太郎に向けてきた。

「ああ、そう言えば長崎屋のおかみは綺麗なお人だよなぁ」

笑うように言われると何かが気恥ずかしかった。一太郎は顔が赤くなるのが分かったが、今どうしてそうなるのか、己でも分からない。するとお沙衣が、憑き物が落ちたような顔で、ぺこりと頭を下げてきた。

「済みません、病人を打ってしまうなんて、あたしったら酷いことを」

七宝さえあればその目が治ると、母のおたつが言ったのだ。母がそう信じているのであれば、本当に治るかもしれない。ならば何としても欲しいと、お沙衣は思ったのだ。

謝られて仁吉は頷きはしたものの、二度と一太郎に手を出してはいけないと、怖い顔でお沙衣に釘を刺すのを忘れない。恐かったのか、びくりとし急いで頷くお沙衣に、仁吉はこう付け足しもした。

「七宝が買えるだけの金子が手に入るなら、きちんとした目医者にかかり、薬を購う方がよろしい。その医者、怪しいですよ」

お沙衣は朝顔の花がしおれるかのようにうなだれてしまう。一太郎はその様子を見ると、一所懸命慰めたくなって、その気持ちをしばし持てあました。

「やはり昌玄は薬種問屋の者から見ても、胡散臭いよなあ」

親分はそいつを知りたかったと頷きつつ、花林糖にまた手を伸ばす。だがそのとき、何故だか菓子鉢は既に空であった。

三

二日後、一太郎は兄やの佐助に、急に調子が良くなったと言い張って床を離れた。

薬種問屋長崎屋に件の目医者が来たと、鳴家達が天井でぎゅいぎゅい騒ぎ出したのだ。さて噂の医者とはどんな御仁なのか、一太郎も顔を見たくなり、起きだしたという訳だ。

佐助が、あわてて羽織を取りに行っている間に中庭を横切ると、奥から長崎屋の店表を覗く。すると白冬湯のすぐ横、店の上がり端に、三十路ばかりに見える細身の男が腰掛けていた。

（あれだ。あのお人が昌玄先生なんだね）

声も聞きたいと、一太郎が帳場の番頭の隣に座り込んだとき、店先が何やら微かなざわめきに包まれた。客である昌玄に対し、仁吉が珍しくもその注文を聞き返していたのだ。

「あの、目を洗う薬水も、充血を取る煎じ薬も、こちらで作ってもよろしいので？」

長崎屋は小売りもするが、卸しが主な商いだから、薬を扱う玄人が多く来た。その内、行商や副業で僅かに薬を商う者達は、一々己で薬を調合したりはしない故、長崎屋が作った売薬を買ってゆく。仁吉など大層効く薬を作れると、評判は上々であるのだ。

だが医者などは、やはり種々の薬種をそのまま購うものであった。薬の調合やさじ加減が、余所との違いであり腕の見せ所でもあるからだ。

ところが今日初めて長崎屋へ現れた昌玄は、医者だと名乗ったにもかかわらず、まるで素人のように出来合いの薬を求めてきた。

「構わないから、長崎屋の薬を頂きたい。なに、こちらの品はよく効くと評判だ。私がこしらえた薬を使うより、患者は早く良くなるでしょうよ」

昌玄は、冗談なのか本気なのか、ためらいもせずにそんなことを言う。仁吉は少しばかり眉を顰めると、出来るまでに幾らか時がかかると説明し、その間世間話でもするかのように、何やら昌玄に聞き始めた。一太郎は番頭にお茶を貰うと、興味津々二人のやり取りに聞き耳を立てる。

仁吉は最初、他の幾つかの薬を勧めたりしていた。だがじきに話を逸らし、噂を聞いたと言って鎮壇具のことを尋ね出した。

「おや、その話がもう噂になっているのですか」

昌玄はにっと笑うと、臆しもせずお社を造る心づもりを話し始めた。

「私は目医者ですから、皆がお参り出来る目の神さま、生目社を是非建て直したいと思っているのです」

言葉だけ聞くと真っ当で、昌玄は大層良き御仁のようにも見えてくる。しかし仁吉の問いが続くと、昌玄はもの柔らかい物腰のまま、すいと目玉だけを動かし、若い仁吉を見据えてから答えた。

「鎮壇具は、お社ではなく寺を建てる時に用いるものではないのかと、聞かれるんですか。神社とは関係が無いと？　いや、そうかもな。そういうことの方が多いでしょう」

だが神宮寺などという、神社にくっついた寺があるご時世だ。寺と神社、相互の風習がいささか交じっていても、おかしくはないではないかと昌玄は言い始めた。とにかく昌玄が以前いた場所では、お社を新たに造るとき、鎮壇具をその基礎に埋めたのだという。

「この辺りのお社で、そういうことをしているかどうかは、知りません。だが鎮壇具を奉納したいと思われる患者さんがおいでなら、そうしてもいいじゃないですか」

仁吉がすっと眉を顰めたとき、薬水と煎じ薬が出来上がったと、手代(てだい)の一人が奥から声をかけてくる。初回だからと言い、仁吉は掛け売りをせず現金で薬を売った。昌玄は、その内掛け売りにして欲しいと愛想良く言い、上機嫌で店から帰ってゆく。

一太郎はぴょこりと番頭の着物の陰から出ると、店先の土間近くにいる仁吉の側(そば)に寄った。驚いた顔の仁吉は勝手に起き出した一太郎に、小言を言いかけ……客人達に目をやり、だまる。しかし直ぐに、白冬湯を一杯勧めてきた。

店表に来たからには仕方がないと、一太郎が素直に飲んでいると、追って来た佐助が羽織を着せ掛けてきた。仁吉は表の道に目を向け、厳しい顔付きで首を振っている。

多くの医者は、先達の弟子となって医術の技量を磨くが、昌玄のように遠方から移ってきた者の場合、医者だと名乗ればそれで通ってしまう。まあ、素人で医術が無ければその内患者に分かり、廃れていく。医者代は高いものなのだ。だがここで一太郎は、一層声をひそめた。

「ねえ仁吉。もし昌玄先生が立派なお医者でなくったって、暫くはやっていけるんじゃないかな。例えば長崎屋の売薬を買って患者に出してれば、どうなるかしら」

目医者なら診るところは目だけだから、余計に何とかなるかもしれない。だが、そんな藪医者が医者でございと名乗ったのでは、患者はいい迷惑であった。

しかし仁吉はあっさり首を振る。

「昌玄先生が藪医者だと、決まったわけではありませんよ」

だが一太郎を庇うように、ここで佐助が言いつのる。

「しかし目医者なのに、目洗いの薬すら売薬頼りの上、患者へ真っ先に言ったのが神社へ寄進をしろという事だ。名医たぁ言い難いわな。きっと馬脚が現れるぞ」

その時であった。一太郎が目を大きく見開くと、くいと首を傾げた。

「そうだ、昌玄先生はこれから生目社を造るんだよね」

あの腕だし新参者であるから、目医者として、まだ大して儲かってはいまい。その上小さいとはいえ、神社を造る金子を出すと約束したのだから、大層な物いりであった。

「でも、昌玄先生は使うに困るほどの金子を抱えている訳じゃ無いよね。だって、己で鎮壇具を揃える金子はないようだもの」

昌玄は患者達に目を治したくば、金、銀、真珠に水晶、琥珀、瑠璃に瑪瑙の七宝を奉納するよう言った。既におたつがその気になっている。藁をも掴む思いで、七宝を差し出してくる患者が、他にもいるかもしれない。そして。

一太郎と二人の兄や達の視線が交わる。三人の話し声は更に密やかになってゆく。

「昌玄先生は集めた七宝を、ちゃんと生目社に奉納するのかしら？」

もしかしたら昌玄は、お宝が手に入るまで、医者として通用すればいいと思ってるのではないか。だから命に関わる病のない目医者になることを、選んだのではないだろうか。

だが一所懸命己の考えを口にする一太郎へ、仁吉は落ち着いた様子で別の薬を勧めてくる。そして小さく言った。

「ぼっちゃんの考え、もしかしたら当たっているやもしれません」

日限の親分が、お沙衣に親切にしているのも、昌玄が絡んでいるせいかもしれない。七宝集めの噂を奉行所が聞きつけ探りを入れているのかもと、兄や達は口元を歪める。

「七宝を出しそうな患者は、どれ程いるのか」

「仁吉、昌玄先生は本当にそれを掠め取る気かね。もしそうなら親分さんは、上手くあの目医者を止められるだろうか」

「ねえねえ、お沙衣さん、というよりお沙衣さんのおっかさんは、鎮壇具の奉納を諦められるかしら」

一太郎の思いは、何故だかまたお沙衣の事に向かってゆく。一太郎はその後、考えついた事があると兄や達へ言った。

「あのさ、昌玄先生が本当に悪さをしようとしているかどうか、われらも確かめなきゃいけないよ。だってもし薬種問屋長崎屋が悪事に利用されていたら、嫌じゃないか」

「ぼっちゃん、利用って……長崎屋は昌玄医師に薬を売っただけですよ」

仁吉はそう口にしたが、一太郎は真剣な顔で、是非に確かめたいと言ってきかない。寸の間黙った後、二人は仕方がないと、昌玄の噂を調べてみようと言ってくれた。そして兄や達は、何かを互いの耳元で話した後、眉尻を下げ僅かに笑いを浮かべた気がした。

四

一太郎は翌日、久々に布団(ふとん)より下駄(げた)と親しくなった。昌玄のことを聞くのだと、長崎屋から程近い南鍛冶町の出世稲荷(いなり)へ向かったのだ。そこでお沙衣と待ち合わせていた。お稲荷様といっても長屋脇(わき)のお社だから、本当に小さなものだ。しかし鳥居はあったし、正一位と書かれた赤い旗もお沙衣の脇で、風に吹かれ僅かに揺れていた。

「これが琥珀なんですね。あら綺麗だ」

話を聞く礼だと言って一太郎がお社前でお沙衣に渡したのは、七宝の一つであった。お沙衣はやはり七宝集めを諦めていなかったようで、琥珀を譲ると一太郎が申し出ると、星が宿ったかと思うほど、目をきらめかせ喜んでくれた。差し出した琥珀は、長崎屋が薬として扱っている品であった。

「でもこれ、高そうで。頂いていいんでしょうか」

お沙衣がそう言って目を向けたのは、一太郎ではなく、後ろに控えていた佐助であったので、ちょいと面白くない。今日こそ一人で外出をと思ったのに、佐助は病み上がりを理由に、ついてきてしまったのだ。

佐助が軽く笑って頷く横から、商売もの故安く手にはいったから構わないと、一太郎が負けじと説明をする。

「ねえお沙衣さん、他に手に入った七宝ってあるの？」

そう問うと、お沙衣は懐の紙入れから小さな丸い物を出してきた。一匁程の小粒銀だ。

「これが銀、金は小さな金粒を手に入れようと思って、頑張ってお足を貯めているの」

そうすればこれで七つの内、三つが集まる事になる。他にも知り合いの簪作りの職人が、小さな瑪瑙が手に入りそうだと言ってきたという。

「それで四つか」

後は真珠に水晶、瑠璃の三つだ。佐助はどれも、銀粒のように簡単には手に入らないだろうという。

「きっと一番難しいのは、真珠でしょうね」

金を積めば唐物屋あたりから購えそうではあったが、金粒一つに苦労しているお沙衣では、なかなか買えはすまい。一太郎はいささか、じれったい思いにかられた。

（私が金子を出して、お沙衣さんの七宝を集めると言うのも、変な話だしなぁ）

日限の親分が昌玄のことを探っているのなら、妙な口出しをして邪魔をしてはならない。それでも、後の三つを集める手伝いをしようかと一太郎が言うと、お沙衣はほっとしたような、嬉しげな表情を浮かべた。

（あ、喜んで貰えた）

一太郎が、ふっと身の軽くなるような思いに囚われたとき、長屋のどぶ板の上を駆けてくる音が聞こえてきた。走ってきたのは十ばかりの子供で、稲荷の前にお沙衣がいるのを見つけると、急いで近寄ってくる。

「お沙衣さん、大変だよっ。おたつさんが、大家さんと派手な言い合いになっている」

「え？　おっかさんたらどうして」

たちまち笑顔が消えたお沙衣は、一太郎達に頭を深く下げると、急いで子供と通りの方へ消えてゆく。一太郎は一寸迷ったが、事が終わったとばかりに佐助が帰ろうとした隙に、さっとお沙衣の後を追い始めた。

「えっ？　一太郎ぼっちゃん、なんで走ってるんですか？」

佐助の慌てた声が、後ろから聞こえてくる。一所懸命走るのは、本当に久しぶりであった。二つ離れた長屋で騒ぎが見え、その中に、お沙衣に似た姿があるのが目に入った時、佐助に腕をつかまえられる。直ぐ前をゆくお沙衣が離れていった。

（あそこにいる人が、おたつさんだよね、大層若く見えるお人だ）

お沙衣の母であるから綺麗なのは分かるが、ちょいと年増の娘程に見えるのには驚いた。考えてみれば、まだ三十そこそこなのかもしれない。お沙衣の年で嫁に行き赤子を授かれば、そのくらいなのだ。

だがいくら若く見えても、今のおたつは髪を振り乱し、いささか怖い見てくれであった。

「だからどうしてお沙衣の縁談だけじゃなく、妙な話まで持ってくるんですか」

おたつが恰幅(かっぷく)の良い男へ苦々しげに言ったとき、お沙衣が二人の間に割って入る。

「おっかさん、大声を出して何があったんです？」

ここで返事をしたのは大家で、聞けば何とおたつへの縁談を、持ってきた所なのだそうだ。お沙衣はその言葉に目を見開いた。

「おっかさんへの縁談、ですか」

「そうなんだよ。ほれ、お沙衣ちゃんもそろそろ嫁入りの年頃だ。それにおたつさんの目だって、毎日の暮らしに障(さわ)りがあるようには、見えないしな」

ならば二人が揃って嫁に行くのも良いと、大家は考えたらしい。その器量が目立つ故(ゆえ)か、おたつには以前から幾つか、後妻の話が来ているというのだ。

「あら、あたしったらちっとも知らなかった」

娘から見れば母である者が、女である事を告げられ、お沙衣は少しばかり戸惑っている。だがおたつは縁談相手がどこの誰かも聞かず、きっぱりと首を振った。

「私はお沙衣との暮らしに不満は無いんです。今更、余所(よそ)に行ったりはしませんよ」

「だが、お沙衣さんは早晩嫁にいくんだよ。おたつさんも先のことを考えなきゃ。それに、縁談を受ければ、もう縫い物などしなくても良くなるじゃないか」

それだけではない。目を治す為、娘のお沙衣の結納にお宝を付けろなどと言わずに済むのだ。お沙衣は好きな所へ嫁に行ける。

しかしおたつは、大家の説得を聞くつもりはないようであった。

「大家さん、お沙衣は目の悪い私を置いて、どっかへ飛んでいっちまうような、奴凧みたいな娘じゃありませんよ！」

おたつはそう言うと、十五の娘にすがるように、その肩に顔を寄せる。

「私はもう、舅や姑につつき回されるのはご免です。嫁に行ったら毎日虐められたあげく、亭主以外は誰も庇っちゃくれなかった。その亭主だって、早々に死んじまって」

女の子のお沙衣一人しか産んでいなかったおたつは、家からいびり出されてしまったのだ。家には亭主の弟がいて、そっちには男の子がいたから。

「もうこりごりですよ。私は目が悪いんです。だからお沙衣といるのがいい。お沙衣だって、そうに違いない」

おたつは娘に寄りかかり、甘えるように言う。一太郎はお沙衣が寸の間、僅かに震えたような気がした。

翌日、長崎屋の離れは、うなり声で満ちていた。

まずは、一太郎が真っ当な病人として唸っていた。走り回ったあげく、うんざりする程律儀に翌日熱を出したのだ。

その横には、今日も一太郎を見舞いに来た日限の親分が、病人を慰めるよりも、岡っ引きとしてお勤めの事で悩んでいた。

昌玄の行いは明らかに怪しいのだが、神仏への寄進は良き事とされているから、鎮壇具の奉納を止める事が出来ないのだ。真っ当な寄進であれば全く構わないが、どうもそうは思えない故、親分の悩みは深かった。

「俺も同心の旦那も、その上役であるお方も、目医者が怪しいと意見は揃っているんだが、今のところ昌玄の奴に妙な動きは無いのさ」

藪とはいえ、何とか医者の役目を果たし、日々新しいお社を建てるため走り回っている。文句の言えぬ毎日を過ごしているのだ。

もう一人、見舞いに来たのはお沙衣で、これまた気の重いことでもあったのか、溜息をついている。仁吉は、客の二人には茶と加須底羅を、一太郎には得体の知れぬ色合いの煎じ汁を差し出した。今日のものは、どす黒くも赤っぽい。

一太郎が急いで布団の中に深く潜り込むと、今度は仁吉が大仰に溜息をつく。

「ぼっちゃん、逃げても煎じ薬が消えて無くなる訳じゃありませんよ」

正しい意見ではあったが、何にでも興味津々の鳴家がお椀に顔を突っ込んで、ひっくり返すということもあり得る。一太郎が頑として布団から顔を出さないのを見て、布団の脇に座った仁吉が片眉を上げた。

「仕方がありませんね。この薬を飲んで下さったら、この仁吉が親分さん達の力になりましょう」

お沙衣さんがちゃんと七宝を集められるよう考えますよと、仁吉が笑うように言う。

「そうだ、七宝を奉納し生目社のおかげをもって目が治るまでの間、お沙衣さんの母御には、この仁吉特製の目薬を出しましょう」

昌玄の治療と、仁吉の薬の効き目を競わせたら、きっと薬の方が効く気がする。今後の事を考えると、この仁吉の言葉はありがたかった。

「飛びきり良く効く薬かい？」

「勿論。長崎屋の売り物です。ぼっちゃんに使って頂いてもいい代物ですよ」

そう言うと仁吉は、目の薬が入っている紙袋を、早々に店表から持ってこさせる。

（お沙衣さん、喜ぶよね）

一太郎は仁吉の思惑通りその品に釣られ、ずるずると布団から這い出ることになった。そして、何を口にするのかと羨ましげな鳴家達に見守られつつ、ごぶりと椀の中身を飲み下す。

「ぐうっ！」

心の臓が止まるほどに、不味(まず)いと思った。一寸本当に止まったような気がしたのは……思い過ごしだと思うことにした。

仁吉は空となった椀を見ると、大いに嬉しげな顔付きとなり、親分へ約束の力を貸し始める。その思案とは、お沙衣と親分が協力して事に当たるというものであった。力を貸し合えば、互いに満足のいくことになると仁吉は言う。

「協力？　お沙衣さんと何をするんだい？」

「親分さんは、昌玄先生が七宝を、猫ばばするかどうかを知りたいんですよね？　お沙衣さんは母御のため七宝を揃(そろ)え、生目社に奉納したい」

二人は頷(うなず)くと、仁吉の話に聞き入る。

「まず親分さんには、お沙衣さんの七宝集めに協力して頂きます」

勿論金子を出せとは言わない。岡っ引きの懐具合など、たかが知れているのだ。しかし親分の後ろには同心、与力が控えている。

「おいおい、お奉行所にお宝を買えとは言えないよ」

「親分、金子が欲しいのではありません。お調べに必要だから、協力するようにとの言葉が欲しいんです」

「言葉って……どこの誰に言うんだ？」

「献残屋(けんざんや)の残り物に、お宝があるかもしれません」

武家は面子と形式を大層大事にするゆえ、折々の贈り物などには手を抜かない。いや体面上抜けないのだ。それは日々、内職をしているような武士だとて同じであった。

武家への数多の贈り物は回り回って、献残屋という、贈答品の残り物を扱う店に集まったりする。もう贈答には使えぬ外れ品の内に今回使えるものがあれば、同心の口利きで安く買えるのではと、仁吉はそう考えたのだ。

「真珠のような高価な品物も、幕府の諸役の方へ贈られることがあると聞いております」

勿論それは賄賂ではない。直接利害に関わらぬ相手への時候の挨拶、そういう建前で贈られる品物だ。どうしてこんな高価なものを贈るのかと首を傾げるような品でも、とにかく賄賂ではない。そういう事になっていた。

「おや、まあ……」

驚いた顔の親分達に、仁吉は言葉を続ける。

「それでお宝が揃えば、お沙衣さんの問題が、まず片づきます」

そして次は、昌玄に対する親分の疑念を、いかにはっきりさせるかだが、今度はお沙衣の力を貸して貰うと言う。

「七宝が揃ったら、鎮壇具とするため昌玄先生へ預けますよね？」

その儀式の場に立ち会いたいと、お沙衣から昌玄へ願って貰うのだ。お沙衣が儀式に立ち会うとなれば、あらかじめ別の品にすり替えておく手は使えない。

「つまり儀式の時が分かれば、その時までの間にお宝を持ち逃げしないか、昌玄を見張っていればいいことになります」

おおっと、明るい声が上がった。

「真っ当な奉納であれば、それで良し。逃げたら、昌玄をその場でとっ捕まえるってぇ訳か」

親分はうんうんと頷くと、献残屋に残りの三宝が揃ってあるかどうかを、さっそく心配し始める。一太郎は事の次第を親分から、後で教えて貰えないか考え始めていた。

するとその時、脇にある屏風の中で、石畳紋の絵がさっとその手を開いた。中に金平糖が握られているのを見つけた鳴家が欲しがると、指は外を指す。どうやら屏風のぞきは、聞きかじった献残屋の結末を、己も知りたいらしい。献残屋の蔵にも鳴家はいるだろうから、確かめて来いと言っているのだ。

鳴家達は寸の間、屏風のぞきに嚙みつくか、外へ行くかで迷っている素振りであった。だが一太郎がちょいと外へ目をやると、一斉に駆けだしてゆく。

屏風のぞきが持っていた金平糖は少なかったから、鳴家達は競争で素早く帰ってきた。無事菓子を食べた何匹かが頷いているから、真珠や瑠璃、水晶は献残屋に、本当にあるらしい。一太郎は部屋で心配を続けている親分を見ながら、小さく息を吐いた。

（普段から金に困っておいでの方も多いと聞くのに、真珠や瑠璃が献残屋にあるんだね。お武家の暮らしというのは、分からないよ）

その時かさりと音がしたので見ると、お沙衣に渡した筈の薬の紙袋を、鳴家達が隅に引っ張って行ってしまっていた。金平糖が足りないので、薬袋の中まで探ったのに違いない。見れば包みの中袋が、はみ出している。

一太郎は薬湯の椀を片づける振りをして、急ぎ袋を取り戻した。仁吉に睨まれ、鳴家達は慌てて部屋から姿を消していった。

五

それから五日ほど過ぎたある朝、一太郎は日限の親分とお沙衣の長屋へ向かっていた。通りには大勢の人が行き交い、一太郎の袖口から顔を出した鳴家が、すれ違う飴売りの荷へ小さな手を伸ばし、欲しそうにしている。

「なあ、ぼっちゃん。床上げしたばかりだろ。朝っぱらから勝手に外出をして、大丈夫なのかい？」

「親分さん、われはもう大きいんです。それに、親分さんが一緒だから平気ですよ」

「長崎屋の兄やさん達が、そう思ってくれるといいんだがね」

ている。

心配しつつも今日の親分は上機嫌で、献残屋から調達した袋を、目の前にぶら下げている。

親分は、世話になっている同心に話を通し、無事三つのお宝を手に入れたのだ。そしてお沙衣に渡す前に長崎屋へ寄り、品物を一太郎に見せてくれた。お調べに必要な品では払いが期待出来ないと思ってか、献残屋が出してきたのは米粒ほどの大きさの真珠や、瑠璃や水晶の欠片であった。

「どれも大した品じゃないが、本物だ。これで七つお宝が揃ったんだから構わねえさ」

これからお沙衣のいる長屋へ品物を届けにゆくと聞くと、一太郎は無性にお沙衣に会いたくなった。じき生目社が建つ頃には、この件は決着がつく。そうなったらお沙衣に会える機会は、余り無くなるような気がした。だから一太郎は、店が始まって間が無く、兄や達が忙しそうにしている隙に、親分と離れから出かけてしまったのだ。

ところが。お沙衣の長屋へ行き着くと、井戸端で二人は、おたつと大家の言い争いに出くわしてしまった。

「あら親分さん、丁度いいところへ。聞いて下さいな、大家さんたら今度はお沙衣の縁談に、口を突っ込んできたんですよ」

喧嘩の仲裁も大家の役目であるのに、己から口げんかの元を作るのは頂けないと、おたつは口元を尖らせている。すると恰幅の良い大家は、おたつにしかめ面を向けた。

「おたつさん、大家ってぇのは、店子の身元保証人、親ともいうべき立場さ。だからねえ、お前さんが気に入る言葉だけ言う訳には、いかない時もあるのさ」

今回娘のお沙衣に持ってきた縁談は、熊吉という真面目な簪職人との縁であった。男は丈夫で真面目なのが一番と大家はいうのだが、残念ながら長屋暮らしの熊吉では、七宝を用意できない。

だがおたつさえ己の縁談を考えてくれたら、七宝は要らないのだ。大家はそう話して、おたつに嫌がられていた。

「あのな、おたつさんを邪魔者扱いし、余所へやろうという訳じゃないんだからさ」

大家はおたつへ噛んで含めるように言う。

「三十路過ぎで良縁に恵まれるなんて、おたつさんは器量良く生まれて運が良いんだよ。お前さんが落ち着けば、お沙衣ちゃんだって、好きな縁を選べるじゃないか」

しかしお沙衣の名が出た途端、おたつはさっと顔付きを堅くする。

「私への縁談、良縁、良縁と言いますけど、どの人も子持ちじゃないですか」

「おたつさん、あんただってそうなんだから」

だが、おたつははっきりと首を振ると、親分の後ろにいた一太郎へ視線を移した。

「ああ、長崎屋のぼっちゃん、先日はろくにご挨拶もしませんで、済みません。目のお薬を下さって、ありがとうございました」

おかげでぐっと目の調子が良い。だから毎日欠かさず粉を飲んでいると礼を言われ……一太郎は少しばかり首を傾げた。

（粉？）

そこに、どぶ板を踏む下駄の音がしたと思ったら、風呂敷包みを抱えたお沙衣が長屋へ帰ってきた。

「おう、お沙衣さん。お前さんに会いに来たんだ」

親分がさっそく手に入れたお宝を渡すと、お沙衣は花のような笑顔になったので、一太郎もにこりとする。隣でそのやり取りを聞いたおたつが、やはり娘は母親が大事なのだと満足げに頷いていた。

「実は最後の一つの瑪瑙は、もうすぐ知り合いが届けてくれるはずなんです」

じきに七つのお宝が揃うならと、皆、六畳ばかりの長屋で待つことになった。手ぬぐいの上に並べた六宝を前に、昌玄へどう話を持っていくか、親分はお沙衣と話を始める。暇な一太郎は台所の側で薬の袋を見つけると、また首を捻った後、袋の中身を確かめてみた。

途端、さっと頬を赤らめる。

「あら、ぼっちゃん、どうされました？」

狭い部屋の内でおたつに正面から聞かれ、一太郎は益々赤くなる。仁吉がくれた目の薬は長崎屋の売り物であった。そしてそれは煎じ薬であるはずだった。

ところが。

（こ、これ、目の薬じゃない。ただのお茶じゃないか。抹茶だよ）

真っ先に浮かんできたのは、長崎屋の離れで鳴家達が、薬の袋を引っ張っていた光景であった。

（あの時だ。金平糖を食べ損ねた鳴家達が、薬の袋の中まで探ったんだね）

仁吉も佐助も抹茶が好きなので、離れには抹茶が茶筒に入れて置いてある。薬湯よりも美味しいので、一太郎も最近よく頂く。甘くないから、鳴家達がその茶筒の中身に手を出すことは、普段は無い筈であった。

多分、勝手に取りだした目の薬の中身をぶちまけてしまい、鳴家達は慌てて近くにあった抹茶でも代わりに入れたのだろう。何があったのかと親分達も見つめてきたので、一太郎は情けなさそうに白状した。

「済みません、目の薬なんですが、粉と聞いたとき変だと思って確認をしたのです。これ……中身が違います。お渡ししたつもりの薬じゃありません、間違えたようです」

目を見開いたおたつやお沙衣に向かい、間違って渡したのは抹茶のようなので、害は無いと説明をする。親分は「おやおや」と言って笑い出したが、お沙衣は母をじっと見つめ、おたつはそっぽを向いて、その視線を受け止めようとはしないでいた。

「おっかさん、薬は凄くよく効いたって言ってたわよね。あたしにこれからも、同じ薬を買って欲しいって言った」

その問い詰めるような言葉を聞き、長崎屋の薬だからつい効いた気になったのだと、おたつはぺろりと言う。だがお沙衣が納得しないのを目にし、おたつは長屋からふらりと出て行ってしまった。

「済みません、急いでちゃんとした薬を届けますから」

一太郎が申し訳無さそうにすると、首を振ったお沙衣が、六畳間の隅で押し殺したような溜息をついた。そして……何度か言いよどんだ後、口の中から言葉を押し出した。

「おっかさん、本当に目が悪いのかしら」

そのつぶやきを聞き、先程井戸端で行き合った時、おたつがあっさり親分の名を呼んだことを一太郎は思い出した。それに大家と話していたしばしの間、おたつが目の悪いことを忘れていた気がする。

するとそこで、居心地の悪い間を埋めるように、親分の明るい声がした。お沙衣に笑いかけると、明るく言ったのだ。

「おたつさんの目の調子が良いのなら、そりゃ目出度いことだ。昨日までがどうだったかなんてことで、思い煩うのは馬鹿馬鹿しいわな」

「でも……」

「お沙衣さんは、おっかさんの目が良くなって欲しいと、七宝を集めてるんだろうが？」

親分が人の良さそうな表情で問うと、お沙衣は黙ってお宝に目をやった。

「おたつさんはまだ、目が悪いと言っていなさる。だがこの分なら、七宝を奉納すればすっきりしそうだの」

お沙衣は顔を上げると、深く頷いた。一太郎は思わず、よく知っていた筈の親分へ、知らぬ人でも見ているかのような目を向けることとなった。

「なんと親分さん、今日は何時（いつ）になく、格好良く見えますよ」

「おいおい、俺はいつもいい男だ」

褒めたのに、何だかがっくりしたような顔をしたから、当人は己のことに随分自信があったのやもしれない。だが親分は早々に気を取り直すと、残りの瑪瑙の話を始めた。

一太郎は六畳一間の、狭い長屋にいるのもたいくつで、ふらりと長屋の端、井戸（いど）端までまた歩いてゆく。そこで先程の大家のことを思い出すと、何故（なにゆえ）におたつが縁談を厭うのかを案じてみた。

（おたつさん、娘のお沙衣さんといたいんだ。その為（ため）に……狂言をしたか）

娘にどこにも行って欲しくない。勝手に己の道へ歩んでいってしまうのは、寂しい。

そんな声でない声が背後の長屋内に残っている気がして、一太郎はぷるりと僅（わず）かに身を震わせた。もしかしたらおたつにとってお沙衣は、寄りかかるべき亭主の代わりとして、もう手放すなど耐えられない人になっているのかもしれない……。

（大家さんは近くで暮らしているから、その事に気が付いたのかな。それで縁談を勧めたのかも）

そして今回の薬の一件で、お沙衣はおたつの目が本当に悪いかどうかを、疑い出している。

（お沙衣さん、これからどうするかな？）

そしておたつは、娘に対しこの先どう振る舞うのだろうか。

（われだったら、どうする？）

だが己の場合、目が見えなくなったら一騒ぎ起こす間もなく、さっさと縁側から転がり落ちて、あの世へ行きそうな気がする。格好悪いというか、こんな騒ぎにはしたくてもならないというか、どうにもあっさりとした結末になりそうで情けない。

「とにかく長崎屋へ帰ったら、急いで目の薬を用意しなきゃ」

まだ一太郎は一人で薬を調合出来ないので、何とか仁吉に頼まなければならない。その時一人で他出したことを、酷く怒られるだろう。鳴家達も薬を入れ替えたことがばれて、叱られるに違いない。

考えている内に一太郎は少しばかり落ち込み……一つ咳をしてしまった。しかし、一太郎のその推測には、一つ間違いがあった。

一太郎は、長崎屋に帰ったら叱られると思っていたのだが、その考えは黒蜜を掛けた寒天のように甘かったのだ。井戸端で休んだ後お沙衣の長屋に戻ると、小言を言う主……つまり佐助と仁吉が現れていた。わざわざ長屋まで追いかけてきたのだ。

（どうして私がここの長屋にいるって、分かったのかしら）

さっそく二人に交互にこっぴどく叱られ、一太郎が頰を膨らませる。だがその時、長屋へ客人があったので、二人の小言が一旦止まった。

慣れた様子で長屋へ顔を出して来たのは馬面の大男であった。まだ年は若く、お沙衣が駆け寄ると、何とも嬉しげな顔をして懐から小袋を取りだす。一太郎が首を伸ばして見ると、中身は縞のある瑪瑙のようであった。

（ああ、そういえば瑪瑙は、知り合いの簪職人さんが、どこぞから手に入れるって言ってたっけ）

ではこの男が、七つ目のお宝を持ってきた男なのだ。お沙衣の為には、瑪瑙だとて何とか手に入れようとしてくれる、頼りになる知り合いというわけだ。

お沙衣が男のことを、熊吉という名だと紹介してくると、先程大家が話していた縁談相手だと分かり、一太郎は思わず熊吉を見つめた。お沙衣と熊吉は、それは楽しそうに話しているではないか。これで七宝は揃って、後は昌玄の行いを親分が確かめればいいだけとなった。

その為か一太郎はここにきて、ぐっと体から力が抜けてきた。先程咳が出ていたのを思い出し、また寝込むかと思うと気持ちが地面にめり込むような気がしてくる。

一太郎は佐助の方を向くと、一言「帰る」と言い、大層素直に駕籠に乗るとも言い出した。親分とお沙衣が心配をし、仁吉が直ぐに駕籠を呼びに行く。一太郎の額に手を当ててきた佐助が、何故だか苦笑するような顔付きをしていた。

兄や達は不思議なことに、それきり小言を言わなかった。

六

ところが、一太郎はそのまま長崎屋へ帰る事にはならなかった。

寝付いたら暫く生目社に来る余裕は無かろうと、一太郎は帰りにちょいと出世稲荷へ寄って貰ったのだ。生目社は稲荷脇の元あった場所に、再建されることになっていた。

駕籠は狭い道の奥へは入れず一旦降りて歩いて行くと、長屋の奥へと抜けた時、大工道具のような物や板きれを抱えた者達とすれ違う。出世稲荷の前へ来た時、一太郎はふと首を傾げた。以前と何やら様子が変わっていたのだ。

稲荷の前に旗が立っているのも、小さな赤い鳥居があるのも以前と同じ気がする。お供え物も似た感じで置いてあるし、お社の後ろは板塀だ。その横には……。

横に目をやった一太郎は、目を見開いたまま、小さく震え出した。

「ぼっちゃん、どうかしましたか？」

「気分が急に悪くなったんですか？」

慌ててその身を支えてきた兄(にい)や達を見もせず、一太郎は出世稲荷の脇を指さす。そこには先日まで、石で回りを囲んだお社跡の壇が、確か一段あった。今日はその場所に真新しい小さなお社が、忽然(こつぜん)と現れているではないか。そして小さなお人が、お社の側に座っていた。

「えっ？　これは……生目社でしょうか」

「もう、作っちまったってぇことですか？」

社は余りにも新しく、まだお供えものすら無い。仁吉がさっと近くの長屋へ向かうと、何事かと、おかみさんたちが集まってくる。その話によると、小さなお社は今日明けて直ぐの刻限から作られたらしい。

「それがさ、重々しくお祭りを始めるから、どんな立派なものになるかと思ったんだよ」

「何日もかかるのかと思っていたら、出来るのは早かったねえ。お社の部分はとっくに余所(よそ)で作ってあって、それをこの場で組み上げたってぇ感じだった」

小さなお社はつい今し方、洗濯物も乾かぬ内に仕上がったのだという。

「作った大工もお医者の先生も、今の今まで、この辺りにいたんだよ」

（さっきすれ違った大工さん達だ！）

一太郎は昌玄の姿を求め、駆けだした。ひょっとしたら昌玄は、このまま逃げてしまうかもしれない。

「仁吉、佐助、親分さんにこの事を知らせてっ」

だが兄や達は、走るなと言って一太郎を追ってくるばかりで、昌玄のことなど気にする素振りすらない。一太郎は二人をまいていったん、狭い路地へ逃げ込んだ。袖内（そでうち）の菓子を取り出すと遊んでいた子を捕まえ、それを駄賃に、二つ先の長屋へ行き、日限の親分に出世稲荷へ来てくれるよう言付けを頼んだ。

（後は、昌玄先生だけど……）

大工達は見かけたが、目医者は居場所も分からない。ふらふら探していたら、じき兄や達に捕まってしまうだろう。

（昌玄先生はまだこの辺に、いるはずなんだ）

意を決すると、一太郎は長屋に挟まれた路地の真ん中で足を踏ん張り、空に向かって大きな声を上げた。

「昌玄先生、忘れ物っ」

すると間髪入れず、通りの先から声が上がる。

「えっ？　何だ？」

「あっちだ！」

勇んではまた走り出したものの、一太郎の息はすぐにあがって、足元がおぼつかなくなる。するとあっと言う間に佐助達に見つかり捕まってしまい、抱え上げられた。一太郎は足をじたばたと振って、道の先を行く男の後ろ姿を指さす。

「昌玄先生が逃げちゃう！」

すると仁吉が隣で面倒くさそうに、何故だか下駄を片方脱いだ。

「ぼっちゃん、本当にあの怪しげな医者を捕まえたいんですか？　そんなことをしたら、また親分さんに委細を話さなきゃいけませんよ。咳が出ますよ」

放っておいても大川が氾濫(はんらん)する訳ではないので、そのままにして、菓子でも買って帰らないかと仁吉は言う。一太郎は頑固に首を振った。

「事がすっきりしなきゃ、眠れない」

「そういうことでしたら、承知」

そう言った時、下駄は空を飛んでいた。そして逃げる昌玄の頭へ、したたかに当たったと思ったら、その姿は倒れて見えなくなる。面倒くさいと言いつつ長屋を抜けた辺りへ、仁吉が医者を拾いにいった。

「一体どうして、皆さんにこうして囲まれなきゃ、いけないいんですかね」

昌玄が引き据えられたのは、出世稲荷と物干し場、それに井戸に挟まれた場所で、直ぐ側に生目社が見えている。一太郎達やおたつ母娘、それに親分や熊吉や大家までが取り囲んでいるので、医者は三回ほど逃げたい素振りを見せただけで、遁走を諦めていた。脇にある長屋からは、興味津々な目が幾つか注がれてきてはいたが、岡っ引きの日限の親分が顔を見せているせいか、首を突っ込んでくる者は居ないようだ。

「私は以前約した通り、生目社を造ったんですよ。良きことをしたんです。なのにどうしてそのことで、何か言われなきゃならないんですか？」

そう言って嘆く昌玄の目の前に、一歩お沙衣が進み出る。そしてせっせと集めた七宝を手ぬぐいに載せて、昌玄に見せた。

「何故これを奉納するまで、待って下さらなかったんですか？」

その約束ではなかったのかと言われると、さすがに昌玄は少々困った顔になった。だが、直ぐにふてぶてしい程の笑みを浮かべ、お沙衣の顔を覗き込む。

「だってねえ、この生目社は目の悪い方が祈る、ありがたいお社なんですよ」

だから既に六人もの方が、七つのお宝を鎮壇具として奉納して下さったのだ。この度生目社を造るにあたって、昌玄は今朝方お社を建てる前に、それを土台へ埋めている。

しかし。

「だがおたつさんは……おたつさんの目は、悪くないしね」

医者にはっきりと言い切られ、おたつが顔をさっと赤くした。しかし、もしやと誰もが思っていたからか、言い返す者がいない。

「だからお沙衣さんのお宝は、待つこともないと思ったんですよ」

そう言って昌玄は立ち上がると、今度こそ帰ろうとする。

だが一太郎が、前を遮った。

「おや長崎屋のぼっちゃん、これ以上なにか御用で？」

「昌玄先生は、お社を建てました。でも、わざわざ朝も早くから建てたのには、別の意味があると、われは思います」

その一言を聞いて、「ほう？」と昌玄は声を上げた。親分の、お沙衣の、他の皆の目が、一太郎に向けられる。一太郎は真新しい生目社の、土台を指さした。

「先生は奉納品を、すり替えたんだと思います」

大きな石の上にお社を造ってある所もあるが、生目社のお社は回りを石組みで囲み、その内に土を盛って台としてあった。そういう作りであったので、昌玄は鎮壇具を土の中へ、埋めることが出来たのだ。その上には今、お社が建てられている。

「つまり、鎮壇具は埋められてしまえば、もう誰にも見る事が出来ないんです。建てたばかりのお社を、壊さない限り」

寸の間、皆が黙り込む。しかし直ぐに昌玄が、小さく笑った。

「どうしてわざわざお祭りをして、偽物(にせもの)を埋めなきゃならない？　私は皆からお宝を預かっていたんだ。盗むつもりなら、とっくに持って逃げているさ」

「ただ持ち逃げしたんじゃ、盗人(ぬすっと)になってしまいます。幾らになるか分からないお宝と引き替えに、この先親分さん達の目に怯(おび)えて暮らすことになる」

だが。鎮壇具として神に奉納したことになっていれば、お宝が消えても、何の心配も要らない。

「あ……」

思わず声を出したのは日限の親分で、お沙衣と顔を見合わせている。そして昌玄は……ゆっくりと一太郎を見た後、微(かす)かな笑みを口に浮かべていた。

「とっても面白い考えだ。でも」

そこで切られた言葉を、一太郎が継いで言う。

「でも、それは確かめられない。だって新しいお社を壊すような罰当たりをしなければ、本当かどうか分からないことだから」

「その通り！」

だから一太郎の考えは、芝居の本と同じ、ただの空言と同じだ。そう昌玄は言い切った。確かめたくとも出来ないことが、この世にはままあるのだ。

「そうだな、例えば母親が目が悪いと言えば、妙だと思っても、娘は母を疑えない。そういう厄介な件と似ているかな」

そう言って笑いかけると、おたつは唇を噛(か)んで、その場を離れていく。勝負あったという感じで場の輪が欠け、昌玄をとどめておく事は出来なくなる。親分が悔しそうな顔をした分、昌玄の機嫌は良くなるように見えた。そして昌玄はさっさとその場を離れてゆく。

その時仁吉の黒目がすいと動いて、生目社の方へ向いた。一太郎も目を向けると、先程お社の側にいた小さな人影のようなものが、昌玄の後をついて行くではないか。

ひやり、として一太郎は思わず昌玄のうしろ姿へ言葉を投げた。

「あのっ、もし本当に祭神様や産土神(うぶすながみ)様に奉納する品をかすめたなら、神様にだけは謝った方がいいと思うけど」

一太郎はこの世に人ならぬ者が居ることを知っている。そのことを無視する危うさも、承知していた。

だが。

「そんなことなど無かった。とにかくそういう事になってるだろ?」

昌玄は軽い言葉と共に、去ってしまった。その時、一太郎の耳にお沙衣の小さなつぶやきが聞こえてくる。

「おっかさん、やっぱり……」

それきり言葉が途切れたお沙衣を、熊吉が慰めている。一太郎は急に顔色を悪くすると、兄や達に担ぎ上げられ、早々に長崎屋へ帰ることとなった。


そして、三日の後。

また布団に挟まれている一太郎の元へ、客人があった。そして驚いたことに、一太郎が寝込んでいるにも拘わらず、兄や達はあっさりと客人を奥へ通したのだ。

「ぼっちゃん、お加減は大丈夫ですか」

庭からそう挨拶をしてきたのは、熊吉とお沙衣の二人連れであった。二人が連れだって現れたのを見て、一太郎は納得した事があった。きっとずっと以前から、お沙衣達は気持ちを添わせていたのだろう。だから熊吉は瑪瑙を、お沙衣の為に手に入れたりしたのだ。

どう見ても旅姿であったので尋ねると、お沙衣が、これから二人で上方へ行くのだと言う。すると、ちょいと違うと言い熊吉が話に入ってきた。

「いや、私が強引にお沙衣さんを攫うんです」

「……攫う?」

一人娘のお沙衣は、やはり母が心配だから、このままでは嫁にも行けない。そしておたつはきっと、お沙衣が側にいる限り寄りかかるのを止めない。

「人に何と言われようと、俺が動かなきゃ駄目だと、今回の騒動でよく分かりました」

だから熊吉が、お沙衣を強引に江戸から連れ出すのだ。その為に、上方へ簪作りの修業に出ることにした。

「おたつさんのことは、あの大家さんがちゃんと世話をすると、約束してくれました」

無理な嘘を重ねるより、おたつも頼れる男と添った方がいいと、大家はそう言いお沙衣を送り出したのだ。

「ぼっちゃんには、お世話になりました」

深く頭を下げ、二人は庭から旅立っていった。

「これで良かったんだよね……」

姿が消えた表の方を一太郎がぼうっと見ていると、佐助が思わぬ話を教えてくれた。

「猫又のおしろが河童に聞き、鈴彦姫に教え、獺から屏風のぞきへと伝えた話がありまして」

それによると、先日深川の方へと向かった昌玄は、何故だか突然堀川へ落ちたらしい。

「命は助かったらしいんですが、掠め取ったお宝は、どうも全部川へ落としたようでして」

人を騙し手間を掛け手にした宝玉は、今は河童の玩具になったらしいと聞き、一太郎は少し笑った。それではお社を建てた分、持ち出しだったに違いない。あの日昌玄の後を付いていった小さな影のことが、頭を過ぎった。

本当に、運とは分からないものだと思う。お沙衣は、母のおたつの目を治し、心配することなく嫁に行ける事を望んでいた。今回昌玄にいいように振り回されはしたが、こうして伴侶を得たのだから、事は良い方へ行ったのだ。親分は昌玄を捕まえる事は出来なかったが、医者が何をしたかは、ちゃんと分かっている。

「そう、良かったんだよ」

だがそう言った端から、一太郎は一つ息を吐く。

(ああ、お沙衣さんと会うことは、もう無いんだろうなぁ)

母に似た、綺麗な人であった。目が夏の夜空のように、きらめいていたと思う。一緒に菓子を食べたかった……。

離れから、またぼうっと表を眺めていたら、ふと気が付くと涙がこぼれていた。

「あれ……?」

己でも訳が分からないが、何故だか止まらない。胸が苦しいような感じと共に、途切れず流れ落ちてくる。どうしてだか分からない。変だと思う。だがいつもは咳一つで心配して飛んでくる兄や達が、この時ばかりは側に来なかった。

ただ二人はとても優しく笑っていて、それがぼやけて見えていた。

泣き笑い

山本一力

山本一力（やまもと・いちりき）
一九四八年高知県生まれ。九七年に「蒼龍」でオール讀物新人賞を受賞しデビュー。二〇〇二年に『あかね空』で直木賞を受賞。著書に『損料屋喜八郎始末控え』『欅しぐれ』『かんじき飛脚』『たすけ鍼』『早刷り岩次郎』『五二屋傳蔵』『後家殺し』『たすけ鍼　立夏の水菓子』、「ジョン・マン」シリーズなど多数。

昨夜(ゆんべ)のことから始めるぜ。

八月十五日は富岡八幡様のお祭りだてえんで、金太(きんた)（おれの七歳の子だ）の遊び仲間ふたりが泊りがけでうちに来た。

六畳に四畳半の板の間しかねえ狭い家だが、女房がばかに付き合いがいいんだ。祭りだてえと、毎年だれかれ構わず泊めちまう。

去年は魚の棒手振(ぼてふり)に軽い愛想を言ったところ、相手が真に受けて一家五人が来ちまった。幸いにも日和続きだったんで、板の間の所帯道具を路地に出して、なんとか寝場所をこしらえた。それでも、損料屋(そんりょうや)から蚊帳(かや)を借りるの、近所から皿だの茶碗だのを借りるのの騒ぎになった。

今年の客は小僧の仲間だけで、なにより同い年のこどもたちだ。夏のことだから夜具はいらねえし、めしなんざ有り合わせでことが足りる。金太も仲間内でいい顔ができるだろうてえんで引き受けた。

江戸中かどうかは知らねえが、深川のガキの間では今年の春から妙な遊びがはやりになってる。界隈の駄菓子屋ならどこでも売ってるが、薄っぺらな木の絵札がそのはやりものでね。閻魔さまだの鬼だの大蛇だのと、気味のわるい絵ばかりだが、二枚で一文だてえからだれでも買える。

へたな絵が版画刷りされただけだてえのに、ガキのあいだではてえした人気だ。そのうえ、どこぞの知恵者が思いついたんだろうが、売り方に滅法な趣向が凝らされてやがる。

真っ黒に塗られた四角い木箱のてっぺんに、小さな穴があいててね。こどもは箱んなかに手え突っ込んで、二枚をつかみ出すてえわけだ。穴はこどもの握りこぶしが、ちょうど出し入れできる大きさになってる。

箱が黒くて中身がめえねえから、どの絵をつかんだかは取り出すまで分からねえ。千にひとつか万にひとつ、金色の閻魔さまがへえってるてえんだが、それが欲しいガキどもは一文握って駄菓子屋通いさ。

絵には強い弱いがある。

金色の閻魔さまがてっぺんで、みそっかすの河童はまるっきり人気がねえそうだ。おとなのおれが見ても河童はどれも間抜けづらでね、あれじゃあこどもも邪険にするさ。

そんなわけで深川のこどもたちは、ひまさえあれば絵札でワイワイやってる。同じ札ばかりじゃつまらねえもんだから、じゃんけんで取っかえっこもやってるらしい。

とにかくここいらのガキどもは、どこへ行くにも布袋にへえった絵札を後生大事に持ち歩いてる。泊りに来た金太の仲間ふたりも、もちろんしっかり持って来た。

　これがことの始まりさ。

一

　おまんまの残りに味噌汁をぶっかけて、かき込むようにめしを済ませたガキどもは、さっさと絵札遊びを始めた。なにが面白いのか、わきで見ててもまるで分からねえが、連中はきりがねえほど繰り返していたよ。

「おとっつあんが横にもなれないじゃないの。いい加減にやめてちょうだい」

　女房のおやすにほうきで追っ払われても、素直にやめるもんじゃねえ。それでもおれは、年に一度の祭りの宵だし好きなだけ遊ばせてやろうと思って放っといた。

「あっ、竹とんぼだ。金ちゃん、おいらにもさわらせて」

　通い大工のせがれの正吉（しょうきち）の声で、土間に向かって煙草を吸ってたおれは思わず振り返った。こどもの声が甲高かったこともあるが、竹とんぼてえのが引っかかった。

　安くても十文はするおもちゃだし、買ってやった覚えはねえ。まして、遣（や）り繰（く）りに追われるおやすが、十文もの銭を渡すわけがねえんだ。

　絵札を買う一文の小遣いですら、月に二度もやれれば御（おん）の字の暮らしだった。

「おい、金太」

声の調子が尖っていたらしく、呼ばれたこどもの顔が引き攣っていた。

「おめえ、竹とんぼを持ってんのか」

「……う、うん……持ってる」

歯切れのわるい返事だった。

「ここに持ってこい」

「………」

いつもは腰の軽い金太だが、もぞもぞ尻を動かすだけだ。

「とっとと持ってこねえかよ」

つい声を荒らげちまった。

こどもは飛び上がったし、おやすも洗い物の手を止めた。おれに睨みつけられた金太は、押し入れの奥から袋を引っぱり出した。

おれの尖った物言いを聞くなり、慌てて押し入れの奥の袋に仕舞ったらしい。中身を見られたくねえのか、おれの目から隠すようにして袋をかき回したあと、おどおどした様子で持ってきた。

「どうした、この竹とんぼは」

「りょうちゃんと取り替えっこした」

間をおかずに答えたが、おれをまともに見ねえで目が泳いでる。

「なにととっけえたんだ」

「大蛇（おろち）と河童」

答える金太の目は相変わらず落ち着きがねえ。こどもの顔を両手ではさみ、おれの目とまともに向き合わさせた。

「りょうちゃんてなあ、だれでえ」

「表通りの乾物屋の子」

りょうちゃんてえ子を思い出した。

三間間口（さんげんまぐち）の、そこそこ手広く商いをやってる吉野屋のひとり息子だ。なんどか長屋にも遊びに来てたが、裏店（うらだな）住まいのこどもとは履き物もなりも違ってた。顔なんざ、おしろいを塗ったみてえに白くてつるつるだし、いつも何かしらのおもちゃを手にしてた。

吉野屋のせがれなら絵札二枚と竹とんぼとを取り替えるかもしれねえが、金太の物言いと目がしっくりこなかった。

「おめえは知ってたのか」

おれは女房に矛先（ほこさき）を向けた。

「知らなかったけど、どうして？」

おれの剣幕を咎めつつ、こどもをかばうような口調だった。もともと金太にはあめえところがある女房だ、絵札と竹とんぼを取り替えたてえのを、あたまっから信じ込んでやがる。が、おれは別のことを思ってた。

野郎、盗(や)りやがった……。

自分にも覚えのあるおれにはピンときた。

ガキのころ、八百屋の店先から柿を掻(か)っ払(ぱら)って食ってたところを、死んだ親父に見つかった。そんとき言い逃れをしたおれと、金太の素振(そぶ)りがそっくりだった。

「金太、おもてに出ろ」

おれの怒鳴り声で金太の身体が固まった。

「とっとと出ろてえんだ」

こどもの襟首をつかみ、裸足のまま井戸端まで引きずり出した。血相を変えておやすも飛び出してきた。

泊りがけで遊びに来ている金太の仲間ふたりとも、怯(おび)え切った顔で六畳間に残っていた。

「取っ替えたんじゃねえだろう」

決めつけを言うおれを女房が睨んだが、ここは男と男の話だ。助けを求めて母親に向けたこどものあたまを右手で押さえつけて、おれのほうに向き直らせた。

「ほんとうのことを言ってみろ」

「ほんとだもん……りょうちゃんがくれた」

「どこで、いつでえ」

「きのう、りょうちゃんとこへ遊びに行ったとき」

すらすら言いやがった。それで余計に腹が立ったおれは、さらに声がでかくなった。

「吉野屋のこどもが、河童なんぞの札を欲しがるわけねえだろうが」

「……………」

「欲しけりゃあ、何枚でも買える銭を持ってるガキが、おめえの小汚ねえ札と竹とんぼとをなんだって取り替えたりするんでえ」

問い質(ただ)しても、こどもは口を閉じたままだ。

「黙ってねえで返事しろいっ」

おれから目は逸(そ)らさなかったが、活きのいい蛤(はまぐり)みてえに閉じ合わせた口を、金太は開こうとしねえ。そのさまにかっとなったおれは、思いっきり横っ面を張り倒した。

よろけた拍子に、井戸端のぬるぬるに足を取られた金太は、すてんと尻餅さ。それを見たおやすが噛みついてきた。

「やめてよ、清(せい)さん。こどもになんてことするの」

掴みかかってきた女房を払いのけた。手荒くどけたんで、おやすはさらに声を張り上げた。

「金太は取り替えたって言ってるじゃない。自分の子を信じないの」

すっころんだままの金太の泣き声と、おやすの叫び声とで、長屋の連中がおもてに出てきた。泊りに来ている正吉とおたまも、息を呑み込んでこっちを見ている。いまさら格好つけても始まらねえが、騒ぎを収めようとしておれは金太を抱え上げた。

「もう怒鳴らねえから泣きやみな」

あたまを撫でたら、金太は余計にしゃくりあげた。が、これで住人たちはなかに引っ込んだ。おれから金太を引ったくったおやすが、両腕でしっかり抱き込んで、やっとこどもも落ち着いた。

そんな金太に追い討ちをかけるみてえだったが、このままうっちゃってはおけねえ。おやすがどう言おうが、ここはけりのつけどころだった。

「金太と男だけで話がしてえんだ。おめえは家んなかにへえっててくれ」

おやすはぶつくさ文句を言ったが、もう手をあげねえと約束したら渋々井戸端を離れた。

「おめえ、これがなんだか分かってるな」

首から下げてる、八幡様の御守木札を金太に手渡した。あいつはこっくりうなずいた。

「そいつをガシッと噛んでみろ」

「えっ……噛むの？」

「おめえがほんとうのことを言ってるなら、どうてえこたあねえ」

こどもの目が落ち着かなくなった。おれはその目をしっかり見据えた。

「だがよう金太」

「はい」

「これっぱかりでも嘘をついてたら、噛むといきなり真っ赤な血を吐いて死ぬぜ」

怯えた金太が息を呑んだ。

「取っ替えっこが嘘だったら、おめえは死ぬんだ。嘘ついて死んだやつは、墓にもへえれねえ」

いまにも泣きそうになったが、おれは物言いをゆるめなかった。

「おめえが死んだら、おれが永代橋から大川に放り込んでやる。おっかあは泣くだろうがしゃあねえさ……ほら、噛みな」

金太の顔から血の気がひくのがはっきり分かった。野郎、立ってられねえほどに震え上がってた。

実のところ、おれも親父に同じことをされたんだ。さっきも言った柿のことでね。あんときの怖さはいまでも忘れてねえ。さぞかし金太もおっかなかっただろうよ。

「とうちゃん……おいら、死にたくない」

あとはすらすら吐き出した。

呆れたことに、金太がくすねたおもちゃは、もうひとつあった。絵札二枚だが、そいつは吉野屋のぼうずの物じゃなくて、別のこどもの持ち物だった。

「すぐに持ってこい……あっ、金太、ちょいと待ちな」

駆け出そうとしたこどもが、びくっと立ち止まって振り返った。

「ほんとうにそれっきりか」

「うん、ふたつだけ」

「おめえは御札を握ったんだ」

「うん……」

「嘘が残ってたら、八幡様に睨まれて、噛まなくても死ぬぜ」

「だって、ほんとうだもん。それでも血を吐いちゃうの？」

また泣き声になっていた。

「いいから、さっさと持ってこい」

金太はネズミみてえに、家んなかへと走り込んだ。

二

こどもを連れて吉野屋をたずねたのは、五ツ（午後八時）を回ったころだった。いつもなら乾物屋は商いを閉めている頃合いだが、そこは祭りの夜だ。軒先の提灯には、しっかり明かりが残ってた。

店先で小僧さんに頼んだら、すぐさまこどもが出てきた。が、夜に入ってのことだけに、母親も一緒についてきた。

「出し抜けにお邪魔して面目ねえことで」

おれは精一杯にていねいなあいさつをした。ことがことだけに、仲間内のような話し方はできねえ。

「金ちゃんのおとうさんですか」

「へえ、いつも一緒に遊んでいただいているようで。ありがてえこってす」

「それはお互いさまですよ。良平も金ちゃんと遊べるのが、とっても楽しいって言ってますから」

言ってから、相手はいぶかしそうな目になった。いきなり顔を出すには、五ツ過ぎてえのは遅すぎたからだろう。

「なにか……」

小さいながらも、表通りの乾物屋のかみさんだ。着ている浴衣はおろし立ての朝顔柄さ。浅黄の細帯をきゅっと締めて、夜だてえのに紅までひいてた。その赤い受け口をすぼめて、首をわずかに傾げながら問われたときには、そのままけえりたくなったよ。

が、金太の先々を考えたら、とってもそんなことはできねえ。こんなひとを相手に、それも祭りの夜なのにと、情けなさが膨れたが、とにかく洗いざらい吐き出した。

「そんなことで、わざわざ来たんですか?」

「そんなことって、うちのガキ……いえ、金太が、この竹とんぼをくすねやがったんで」

「それはもう、うかがいました」

細くて形のいい眉にうっかり見とれていたが、いつの間にかしわが寄っていた。声の調子もすっかり冷めてた。

「良平は竹とんぼなんか、数が分からないほど持っていますから、欲しいなら好きなだけ持ってってくださいな」

物乞いを相手に話しているようだった。

「お祭り見物に実家からひとが来ているものですから」

紅をひいたくちびるが、めくれ気味に見えた。眉根のしわも深くなっていた。

「金ちゃん」

おかみさんに呼びかけられて、金太は身体を固くした。相手の声の調子がそうさせたんだろう。

「竹とんぼのことなんか気にしないで、来たいときはいつでもいらっしゃい」

蒸し暑さも吹っ飛ぶような冷たい声を残して、さっさとなかに戻ってった。金太はおれの手をぎゅっと握りやがった。

浴衣越しの柔らかそうな尻が、右に左に揺れててさ。いつものおれなら、ごくんと唾のひとつも呑み込むところだが、あんな冷え冷え（ひび）した声が出せる女じゃあこっちの身体も萎（な）えちまう。

わるいのはうちの金太さ、吉野屋をどうこう言えた筋じゃねえ。それでもおれは、店先に転がってた小石を目一杯、蹴飛ばしてきた。

八幡宮の表通り両側には夜店が並んで、大した人込みだ。吊るされた提灯がおれの髷（まげ）にぶつかって、歩きにくくてしゃあねえんだ。ところが屋台のおもちゃに気が行った金太は、握られた手を振りほどこうとしやがる。

「いい加減にしろ。今夜は遊び半分に歩けるときじゃねえだろうが。てめえ、盗人（ぬすっと）やった詫びに行くてえのが分かってんのか」

怒鳴り声でひとが避（よ）けた。

盗人はまずかったぜ……。

おれは足を速めて人込みから離れた。

もう一軒たずねる先は、汐見橋を渡ったたもとの魚重（うおしげ）てえ活魚料理の店らしかった。

「そこはどんな宿で、なんてえ名の子と遊んでるんでえ」

夜店が途切れた暗がりで問いかけた。

「俊ぼうって言うんだけど、おいらより一つ下だよ」

「魚重てえのは、その子のおとっつあんがやってる店か」

「違うよ。だって俊ぼうは、おとっつあんがいないもん」

「なんだと」

「俊ちゃんは、おっかさんとふたりっきりなんだって。そこのお店の掃除だとか、洗い物なんかをおっかさんがするんだって言ってた」

目眩がしてきた。

さっき行った吉野屋は、数が分からねえほどおもちゃを買い与える暮らしだ。母親がしれっと言った通り、竹とんぼの一本や二本、屁でもねえだろう。

ところがこれから行く先は、住み込みで働く母親が、女手ひとつで育ててるとこだ。金太のやつは、そんなこどもから絵札を二枚もくすねやがった。

どんな想いでその子の親が、一文の銭を与えているか……。

おれのガキはそんなことを気遣うでもなしに、詫びに行くてえいまも、夜店のおもちゃに気をとられる能天気ぶりだ。思いっきり張り倒したくなったが、叱らねえって約束を思い出して呑み込んだ。

歩いてみると汐見橋までは、長屋からざっと十町（約一キロ）はある道のりだった。

「おめえ、こんなところまで足を延ばして遊んでやがるのか」

「毎日じゃないけど」

「おっかさんは知ってるのかよう」

「知ってるよ。俊ぼう、うちに遊びに来たことがあるもん。おまんまの買い物のついでに、おっかさんと一緒に俊吉（しゅんきち）を送ったことがあるから」

おれは知らなかった。こどもの遊び仲間の名めえも、どこに住んでるかも、それに金太がどこで遊んでいるかも、だ。

おやすはきっちり分かってるんだろう。

てめえの腹を痛めて産んで、ちちを飲ませて、汚れたおしめを毎日取り替えたこともだ。なんだって分かってるさ。

だから……あんまり近すぎるから、金太がおもちゃを掻っ払ったのがめえねえんだ。

だがよう、こいつはおやすを責めることでも、したり顔でほらみたことかと言うことでもねえ。おれがこどものことを、まるで分かってなかったてえことだ。

この思いと、金太に聞かされた相手の暮らしぶりを思うこととが重なって、めっきり足が重たくなった。

が、もちろん行ったよ。

俊吉母子は店の勝手口わきの、納屋みてえな小屋に暮らしてた。行ったときは間（ま）のいいことに、母親もこどもと一緒だった。

三

「路地まで出ませんか。金ちゃんは俊吉と遊ばせておけばいいでしょう」

話を聞き終わったおりょうさん（俊吉の母親だ）に言われて、おれは連れ立って路地に出た。

「仕事のほうは平気なんですかい」

「いまは魚重さんの身内だけで騒いでいますから、あたしは用済みです」

おれは背丈が五尺八寸（約百七十五センチ）あるから、左官仲間でおれより高いやつはひとりもいねえ。おりょうさんはせいぜい五尺（約百五十一センチ）てえところだから、向かい合って立つと髷がおれのあごぐらいにしかこねえ。鼻の下から、鬢（びん）付け油がなんともいい香りで匂うんで往生した。

「金ちゃんのおとうさんにきていただいて、ほっとしました。この何日か、ずっと迷っていましたから」

「迷うって、うちの金太がらみで？」

おりょうさんのうなずきかたは、きっぱりしていた。

「俊吉は金ちゃんが好きだって言ってますし、あたしも金ちゃんはとても利発で、性根のいい子だとおもいます」

「ところがくすねたてえんでしょう」

たったいまきっぱりうなずいたのに、いまはまた迷い始めたような目だ。

「構わねえから、なんでも言ってくんなさい。くすねたてえのを、こっちから話しにきたんだ、どんな遠慮もいらねえでしょう」

川が近いんで、やぶ蚊がひでえ。話してる間に方々食われちまうんだ。腕をぼりぼり搔きながらじゃあ格好わるくてしゃあねえが、ほかに場所もねえ。

うっかり連れ立って歩いたりしたら、まわりは色町だ。おりょうさんにとんだ迷惑をかけちまう。おりょうさんは蚊を気にしてねえようだったから、そのまま立ち話を続けることにした。

「あたし、見たんです」

思いつめたような声で話し始めた。

「金ちゃんが、俊吉の絵札を布袋にしまい込むところを」

肚をくくってきたつもりだったが、これを聞いておれは息を呑んだ。

「蒸かし芋のおやつを持って土間に入ったとき、運わるく見てしまって……」

それで？……

先を促(うなが)すのがやっとだった。

「このあたりは待ち合いや置き屋ばかりなもので、こどもがいないんです」

確かにここにくるまでの道々、仕舞屋(しもたや)はほとんど見かけなかった。

「八幡様まで行けばこどもが遊んでいるのは分かってますが……仕事に追われているもので、連れて行ってやることができません」

言葉を区切ると、まっすぐにおれを見上げた。話しているうちに、このおっかあに熱いものが込み上げているのが、暗がりでもよく分かった。

「ですからわざわざここまで来て、こんな小屋みたいなところで遊んでくれる金ちゃんは、ほんとうにありがたいんです」

おりょうさんが声を詰まらせた。

お仕着せのたもとを目元に当ててる。だのにおれは、差し出せる手拭い一枚持ってねえ。蚊に食いつかれながら、突っ立ってるしかなかった。

「なんとか見間違いであって欲しいって、心底そう思いました」

「金太がしまいこんだてえのをですかい？」

おりょうさんは濡れた目を逸らさずにうなずき返した。話の先行きをかんげえたら、おれはため息をつくしかなかった。

「その夜俊吉から、絵札が二枚、一目小僧(ひとつめ)と、ろくろっ首とがなくなったって、泣きべた。

「そ顔で言われました」

「金太が持ってった札だ」

「俊吉も、ことによると金ちゃんがって思ってたみたいです」

「感づいてたてえんですかい」

「でもそれを言い出せなかったみたいで……あたしもそうでしたから……」

おれの腕に、とびきりでけえ蚊が食いつきやがった。おれは叩き潰す気力も失くしてた。

「俊吉には二枚の絵札よりも、金ちゃんが遊びにこなくなることのほうがつらかったんだと思います……おっかさん、なくしてごめんって……でも俊吉は、新しいのを買ってとはひとことも言いませんでした」

胸のあたりを締めつけられて、立ってるのがきつかった。とはいっても、ここで顔をそむけるわけにはいかねえ。精一杯に踏ん張って、話の先を聞かせてもらった。

「あの子が喜ぶことなら、できる限りしてやりたいんです。俊吉が黙っているのに、親のあたしが余計なことを言って、ふたりの仲をこわすような真似はできません。でも、もしも……もう一回同じことをやったら、その時は俊吉と仲違い（なかたが）いすることになっても、金ちゃんをきちんと叱るつもりでした」

おりょうさんは、おんなにしては低い調子の声だった。小柄だが、鼻筋がぴしっと通っており、ふっくらした唇の右脇には、ぽつんと黒子があった。

まだこんなに艶のあるひとなのに、こどものことしか気がいってねえのが、話していてよく分かった。身のこなしにすき間がねえから、男も言い寄ることができねえんだろう。

こどものためにおんなを捨ててやがる……。

ふっと、こんなことをかんげえたりしちまった。でも、こんときのおりょうさんは、とってもいいおんなに思えた。

「面目ねえこって」

胸のうちでかんげえてた不埒なことを、おれは詫びの言葉で押し潰した。

「そこまでわきまえのあるひとに遊んでもらえてるてえのに、金太はどうにもしょうがねえ。けえり道でこっぴどく言い聞かせやすから、勘弁してくんなさい」

「そんな……金ちゃんのおとうさん……」

「おれは清吉てえ名めえなんで」

おりょうさんは、いっとき名めえを呼びそうになった。が、やっぱり金ちゃんのおとうさんって呼びかけてきた。

「正直に話すのって、金ちゃんにはとても大変なことだったはずです。俊吉もあんなに喜んでいますし、あたしも胸のつかえがとれてほんとうに嬉しいんです。どうか、これ以上は金ちゃんを叱らないでください」

おれはひと息おいたあと、返事のかわりに黙ってうなずいた。

「それと、これからも俊吉と遊んでやってくださいな……お願いします」

とっても言葉なんか出ねえ。

米搗き(こめつ)バッタみてえにあたまを下げるだけだった。

けえるとき、おりょうさんと俊吉は汐見橋のたもとまで見送ってくれた。五ツ半（午後九時）の暗闇の中で、こどもがふたりとも、晴れ晴れとした喜び顔を見合わせていた。


「金ちゃん、どこに行ってたのよ」

長屋に戻ったら、泊りにきているおたまが、でけえ声で問いかけてきた。おれが取り繕いを言おうとしたら、正吉が先を越しやがった。

「おいら知ってるよ」

正吉があごを突き出した。

「金太はね、ひとの絵札を盗んでさ……それでおとっつあんと一緒に、ごめんなさいを言いに行ってたんだよ」

七つのこどもだと侮れ(あなど)ねえ。

しっかり突き当たりまでわけが分かってやがった。おやすは顔をしかめたが、半端な収め方は金太によくねえ。

「よく分かってるじゃねえか。正吉もおたまも、ひとの札をくすねるようなことをしちゃあなんねえぜ」

神妙な顔をした金太のわきで、こどもふたりは威勢よくうなずいた。

「分かったてえなら、みんなを湯に連れてってやろう。おやす、支度だ」

出がけはまだ、むずかしい顔をしていたおやすだったが、おたまと一緒に湯にへえったあとは、上機嫌になりやがった。そりゃあそうだろうよ、いっつも女の子が欲しい、女の子と一緒に湯にへえりてえって言ってたことが、よその子相手でもかなったんだから。

四

明けて今日は神輿だ。

富岡八幡様には江戸中から見物客が押し寄せて、大層な賑わいだ。その連中目当てに掘建て(ほったて)の見世物小屋まで造られてた。

正吉もおたまも、親から何文かの小遣いを持たされてたんでね。おやすは三人のこどもを連れて仲町まで遊びに出てった。

戻ってきたのは八ツ（午後二時）の見当だ。それから半刻（一時間）ばかり、例の絵札で遊ばせてから、おれもおやすと連れ立ってふたりのこどもを送り届けた。

たとえ歳が小さくても、他人がいる間はどっかしら気が安まらねえ。客がいなくなった畳のうえで、おれは清々して寝転がった。

おやすも同じだった。ガキの世話をしてた分だけ、あいつのほうが余計にくたびれたんだろう。横になったら、あっという間に寝息を立ててた。

正吉の母親、おかつさんがうちに来たのは、そろそろ暗くなり始めるころだった。まだ寝たままだったおやすを揺り起こしたら、あいつは裸足で土間に飛び降りた。

「昨晩はありがとうございました」

「いいえこちらこそ」

職人のかみさんふたりが、それもさっき会ったばかりだてえのに、ばかにていねいなあいさつを交わしてやがる。聞くともなしに聞いてたら、途中から風向きが違ってきた。

「こんなこと、言いにくいんだけどさあ……正吉の絵札が三枚ばかり足りないって言うのよ。ことによったら、金ちゃんの持ってる札に紛れ込んでるんじゃないかと思ってさ。わるいけどおやすさん、ちょっと見てもらえないかしら」

「紛れ込むって……正ちゃんが忘れてったということですか」

「そこんとこは、はっきりしないいんだけど」

「だったらなぜうちに？」

「戻ってからあの子が数えたら、どうしても三枚足りないらしいのよ。ここのほかは、どっこも寄ってないもんだから……わるいけど、金ちゃんにきいてくれる？」

これを聞いて、おれは畳の上で怒鳴った。

「ふざけんじゃねえ。それじゃあまるっきり、うちの金太が正吉の札を掠め取ったみてえじゃねえか」

おれの剣幕に、おやすもおかつさんも飛び上がった。

「金太にきっちり確かめたあとで、おたくに行かせてもらう。済まねえがいまは、このままけえってくんねえか」

六畳間に仁王立ちしたおれに恐れをなしたんだろうよ、真っ青な顔で戻ってった。

「あんな言い方することないじゃないの」

「うるせえ、あれでも足りねえ」

「まったく清さんは勝手なんだから」

おやすがぷりぷりしながら上がってきた。

「なんでえ、そのつらは。あんなきかれ方されて怒らねえなら、そのほうがよっぽどどうかしてるぜ」

おれがどんだけ声を荒らげても、おやすはおどろきもしねえで寄ってきた。

「正吉はゆんべの一件をきっちり見てやがった……そうだな？」

「だからどうしたの」

「どうしたのって、分からねえか」

「分からないから、きいてるんじゃないの」

めずらしくおやすがせっついてきた。

「絵札が足りねえてえのは、ほんとうかも知れねえ。ところが正吉はガキの知恵で、金太が盗んだぐれえのことを言ったのさ。昨日のあらましを聞かされたおっかあは、口じゃあどう言おうが、正吉の言い分を真に受けてやがるんだ。だからこそ、あんなことを言いにきたのよ」

おれとおやすが大声の口喧嘩を始めたんで、金太は部屋の隅で半泣きさ。おやすはそのあとも何度かおれに食ってかかった。が、途中から矛先が金太に向かった。

「おまえの絵札を全部持っておいで」

おやすの目がつり上がっていた。

「なにやってるの金太、どうして隠したりするのよ。そこにある全部を、さっさと持ってきなさい」

年がら年中こどもを叱っている母親だが、こんときのおやすは声も顔つきも尋常ではなかった。それに怯えたのか、金太の動きがのろいんだ。焦れたおやすは、畳をへこませてこどもに近寄った。

「それをこっちにちょうだい」

　おやすが袋を引ったくった。

「おまえが持ってる札の数を言ってごらん。何枚なの」

「わかんないよう」

「分からないって……清さんは金太に札を買ってやったことあるの？」

　いきなり問われて慌てたが、かんげえてみれば金太の駄菓子屋通いには一度も付き合ってやってなかった。

「いいや、ねえよ」

「だったら、おっかさんが買ってやった札だけじゃないの、分からないはずないでしょう。こっちにきて、しっかり札を見なさい」

　おやすは畳に絵札をずらっと並べた。

　金色の閻魔さまてえのは一枚もねえ。大蛇（おろち）とろくろっ首が各二枚、目を剝いた大入道が三枚、一本足のからかさ小僧が二枚、化け猫が三枚、火の玉が三枚、それに河童が九枚で、都合二十四枚だ。夏の日が落ちた畳の上から、薄気味わるい絵ばかりが、こっちを睨みけえしてた。

「これ全部、ほんとうにおまえの札なの？　どうなの、金太」

「そうだよう、おいらのだよう」

「だったら数を言いなさいよ。毎日数えてるんだから言えないわけがないでしょう」

「わかんないよう……」

こどもの返事をきいて、おやすが金太の横っつらを力まかせにひっぱたいた。止める間もありゃあしねえ。

「どろぼう。おまえはぬすっとだよ」

泣き声で喚きながら、おやすは繰り返し金太を張り飛ばした。叩きどころがわるかったのか、金太から鼻血が吹き出した。それでもおやすは手を止めない。鼻血が火の玉の札に飛び散った。

「そこまでにしとけって。おいっ、やめろ」

おやすの手をおろさせて、手近な手拭いで金太の鼻血を拭い取った。

「ゆんべこいつは、二度とやらねえって、はっきり約束したんだ」

「そんなこと信じられない。あたしをあんなにうまく騙したんだから……このどろぼう小僧……」

またおやすが手を振り上げた。止まりかけていた鼻血が、じわっと流れ出したほどに金太が恐がっている。おれは両手でおやすを押さえつけた。

「やめろてえんだ。騙されてたおめえが腹を立てるのも無理はねえが、今度のことは金太はやってねえ。おれは信じるぜ」

　ゆんべとは逆さ。

　おれが金太を抱いてあたまを撫でてやった。こどもの右のほっぺたが、ぷっくり腫れてた。

五

　正吉の長屋木戸に着いたころには、すでにとっぷりと暮れていた。

「清さんはほんとうに行かないの？」

　おやすに念押しされたが、おれは木戸口で待つことにした。相手から半端なことを言われたら、何を言い出すか分かったもんじゃねえ。おれの気性をわきまえてるおやすは、そのうえくどいことは言わず、金太とふたりでたずねて行った。

　木戸のさきは大横川の川っぷちだ。ずいぶん向こうの蓬萊橋あたりには料亭が並んでいるが、長屋のまわりは原っぱだ。家もねえし明かりもねえ。おれは川縁の草むらに腰をおろした。手元の小石を投げ込んだら真っ暗な川が、ぽちゃんっと返事をしやがった。

　暗がりにひとり座って金太とのやりとりを思い返していたら、いきなり死んだ親父の顔が浮かんできた。

「なかにいるなあ分かってんだ。出てこねえと、障子戸蹴破るぜ」

おれが四つ五つのころは、なにかてえと柄のわるい連中が押しかけてきてた。親父もいまのおれと同じ左官職人だったが、稼ぎのあらかたを博打に突っ込んでた。怒鳴り込んできたのは賭場の借金取りだ。

「明日の朝はやく、本所に越そう」

出し抜けの引越しも、一度や二度じゃねえ。遊び仲間がやっとでき始めると、決まって親父は長屋を替えた。賭場だけじゃなしに、方々に義理のわるい借金をこしらえた挙げ句の引越しだった。

それでも不思議に仕事場はしくじってねえし、どこの家主も引越し先の差配さんに口利きしてくれていた。底の底までは、ひとの恨みを買っていなかったのか、こどもを抱えたおふくろに周りが情けをくれたのか。

いずれにしても、三年ほどの間に五回は越した。

ありようは夜逃げそのものだが、越すのはいつも朝早くだった。貧乏所帯で家財道具なしの宿替えは、わけなくやれた。

「夜の引越しには魔物がついてくるから」

ほとんど口答えしないおふくろだったが、夜逃げだけは頑として突っぱねた。

親父が最後に越したのが深川だ。

そこからは死ぬまで動かなかった。と言っても、生きてたのはそのあとわずか三年。おれが十一の秋に、高橋の普請場で足を滑らせてあっけなく逝った。

深川にきた年の秋からは、親父は博打もやらず余計な借金もこさえてはいなかった。そう言えるのも、深川には恐い連中が押しかけてきた覚えがねえからだが……。

「あっ、おれだ！」

思わず、でけえ声が出た。

いまのいままで気づかなかったが、親父が博打をやめたのは、おれのわるさがきっかけだ。

間違いねえ、いま分かった。

死んでから二十年もの間、親父のことを思い違いしたままだった。

こどもながらに、おれは親父をばかにしてた。親父のやることは、爪のさきほども本気にしてなかった。

それにはわけがある。

「清吉、欲しいものを言ってみな。なんでも買ってやるぜ」

初めて親父にそう言われた日のことは、生涯忘れねえ。浅草阿部川町に住んでたときで、おれが五つの正月だ。浅草寺の除夜の鐘が鳴っても長屋にいなかった親父が、元日の昼過ぎ、にこにこ顔で帰ってきた。

「おめえ、まえっから凧が欲しいっておっかあに言ってただろ」

「言ったけど、おあしがないもん」

「きょうは正月だ。だれにも負けねえようなでけえのを買ってやらあ」

「ほんと……すぐに買ってくれるの？」

「凧だけじゃねえ。晴れ着も足袋も、ぴかぴかの下駄も、そっくり買ってやる。おっかあ、出かけようぜ」

親父の言ったことは本当だった。おれと弟には、初詣客で賑わう浅草寺わきの古着屋で着物から履き物まで、ぞろりと揃えてくれた。

凧もそうさ。両手をいっぱいに伸ばしても、まだはみ出すほどにでけえ奴凧だ。

おふくろには柘植櫛だった。

「あたしはいらないって。櫛なんかもったいないし、身分じゃないから」

「店先まできて、やなこと言うんじゃねえ。せっかくの正月だから買っちまえてえんだ」

結局は買ったが、おふくろはあんまり嬉しそうじゃなかった。

それから三日ばかり過ぎた、風の強い日。おれは弟と近所の原っぱで凧上げに夢中になってた。二つ違いだから、弟はまだ三つさ。駆けるったって足元はおぼつかねえんだが、凧に乗って舞い上がる凧を、わあわあ言って追っかけてた。

まわりのどの子の凧よりもでけえんだ。おれはそれが自慢で、目一杯に糸を伸ばしてた。そんとき、真冬だてえのに木綿のまえを開けた目付きのわるいのがふたり、いきなりおれから糸を取り上げた。

声も出ねえおれのわきで凧糸を巻き終わった連中は、乱暴に奴凧を小脇に抱え込んだ。

「こんなものじゃあ幾らにもならねえが、見逃すわけにはいかねえ。もらってくぜ」

借金取りだとすぐに分かった。

それまで自慢たらたらに凧上げやってただけに、他のこどもたちが、ざまあみろてえつらを揃えてやがった。情けねえのと恥ずかしいのとで、おれは原っぱから逃げ出した。何度もすっころぶ弟の手を、構わずぐいぐい引っ張ってだ。

長屋に戻ったら、おれたちの着物も下駄もすっかり持ってかれてた。呆けたように座り込んでたおふくろは、暗くなった六畳間から動かず、張り紙で破れをふさいだ壁を見詰めたままだった。

凧上げに行くまでは、そこにおれと弟の着物が吊るされてた。

このあとも何度か同じようなことが起きた。三度目ぐらいからは、おれも物を欲しがらなくなってた。

何日かだけのいい思いてえやつは始末がわるい。はなっからなけりゃあ、どうてえこともねえ。それがいっときいい思いをしてすぐにわるくなると、こどもにはこたえるんだ。

どうせなくなるに決まってる……。

同じことを何度でも繰り返す親父が憎らしかった。ばかじゃねえかって、胸のうちで毒づきもした。

それに加えて、やっとできかかった遊び友達から引っぺがされるんだ。深川の裏店では、おれはとことん親父をきらってた。

そんなときさ、柿のことでこっぴどくやられたのは。わるいとは分かってても、親父にえらそうなことは言われたくなかった。

あてもねえのに月末にはかならず返すと、借金取りには嘘をつく。

稼ぎのうえを賭場で遊んで、年中おれたちに恐い思いを押しつける。

そんな親父に、柿を一個掻っ払ったからってあたまごなしに怒鳴られても、素直に聞いたもんじゃねえさ。

しかし八幡様の御守札には、まんまと引っかかった。立ってられねえほど震えた。

だからと言って、親父の言うことを聞いたわけじゃねえ。そのあとも近所で札付きのわるガキだった。同い年の子に比べてあたまひとつ大きかったおれは、深川に越した年の、冬の入り口にはすっかりガキ大将さ。

八幡宮の杜（もり）は、いまでもそうだが、もちの木だらけだった。皮を剝がして小石で叩けば、強い粘りの鳥もちができる。それを糸に吊るして賽銭箱を引っ掻き回すと、一文銭が釣れるんだ。

九つの夏、お宮にばれて町役人が長屋に押しかけてきた。仕事場から帰ったその足で番所に連れてかれた親父は、町木戸が閉じる四ツ（午後十時）になってやっと戻ってきた。

「めしだ」

酒も呑まず、冷めたイワシの塩焼きでめしを食い終わった親父は、なんにも言わずごろっと寝ちまった。

八幡様の騒ぎはこれっきりさ。

そのことで親父に殴られた覚えも、小言を食らった覚えもねえ。こどもは懲りるてえことから遠いんだ。さすがに八幡様の賽銭箱には近寄らなかったが、わるさはその後もひっきりなしさ。年下の子を引き連れて片道一里の遠出をして、砂村のスイカ畑でいたずらもやった。

おれはわるさがばれて、また親父が引っ張られりゃあいいぐれえに思ってた。

おれは大横川の川っぷちで、親父の目を思い出した。

柿のことで白を切ったおれを、思いっきり張り飛ばしたあとの目だ。両方とも吊り上がって浅草寺の仁王様みてえだったが、泣きそうな顔にも見えた。

なんでそんな目をしてたのかは、八つのときには分からなかった。金太にすらすら嘘をつかれたいまなら分かる。

おれは嘘をつく。

仕事でも人付き合いでも、言わなくてもいいことを、ぺろっと言っちまう。もちろんいやさ。言った後はしばらく重たい気分を引きずってる。

だがさ、てめえは嘘をついても金太にはさせたくねえ。こどもだけは、嘘をつくことから遠ざけときてえんだ。

それなのに、同じことをやりやがって……。

いま、もうひとつ分かったことがある。

さっきも言ったが、鳥もちで賽銭盗んでばれたとき、親父はくどい小言を言わなかった。遊ぶ板っきれ欲しさに、飲み屋の板塀をむしって、若い衆に怒鳴り込まれたこともあった。

ところがどんないたずらやっても、柿のときのような目を親父が見せたことはなかった。

おれも同じだ。

金太の襟首をつかむようにして詫びを言って歩いた昨夜、腹は立ったが悲しくはなかった。いやだったのは、井戸端で金太がぺろりと嘘を言いやがったことだ。あのときは、おれのあたまがぶわっと膨らんだように気が昂ぶってた。

親父がおれを引っぱたいたときと、おれが金太を張り倒したときとは、同じ気分だったはずだ。だから親父はあんな哀しそうな目をしてたに違いねえ。

こどもがすらすら嘘をつく。

てめえがいつもやってるだけに、こいつはこたえた。つらくてやり場がなくて、思いっきり張り倒したら、いつまでも手のひらが痛えんだ。

なんで博打をぷっつりやめたのか。おそらく親父も、おれを引っぱたいた痛みが消えなかったんだろう。

と、ここまでがゆんべからの粗筋さ。

なんだか急に親父の墓参りがしたくなった。

手元の小石を投げ込んだ水音に、おやすが呼びかけてくる声が重なった。

どうやらけりがついたらしい。

六

「あんまりすっきりじゃないけど、話はきちんとしてきたから」

おやすと金太が、おれを挟み込むようにして腰をおろした。明かりのねえ川っぷちで、三人が足をぶらぶらさせて……空の端まで、キラキラ星が埋まってる。

「なんでえ、おめえのつらは」

暗がりでもはっきり分かるぐれえに、金太は仏頂面だ。

「言いてえことがあるんだろ」

石を投げ込んだ、どぼんってえでけえ音が金太の返事だった。かわりにおやすが口を開いた。

「三枚を正ちゃんのところに置いてきたの」

「置いてきたって……正吉がてめえのものだと、そう言ったのか」

「そうじゃないけど、金太も正ちゃんも、はっきり分からないみたいだもの。このうえ揉めるのはいやだから、三枚だけ金太に選らせて置いてきたってわけ」

まるで合点がいかねえ。おれが口を尖らせかけたら、おやすに抑えられた。

「清さんに怒鳴られたことで、おかつさんはずいぶん腹を立ててたのよ。行ったときには目が吊り上がってたから」

「そいつあ向こうが……」

「いいから聞いて」

出かかったあとの文句をおやすに押さえつけられた。

「腫れ上がった金太を見て、おかつさんもわけを吞み込んだみたい。いきなり顔が優しくなって、あたしと金太を座敷にあげてくれたんだから」

座敷ったって、うちとおんなじ六畳だ。所帯道具の多い分だけ、あっちの方が狭く暮らしてるだろうさ。

「札になまえを書いてるわけじゃないから、おかつさんもあたしも、どれがだれのだか分からないのよ。あたしだって言われるままに、金太のものを正ちゃんにあげるのは面白くなんかないわ」

「あたりめえだろう」

「でもねえ清さん、もとは金太に落ち度があったことだから、これで懲りればいい薬だと思ったの」

また金太が石を投げ込んだ。今度のはずっと小さくて、ちょぽんと情けねえ音がした。

「おっかあの言うとおりだ」

金太がこっちを向いた。

「おめえにも言いてえことはあるだろうが、しゃあねえじゃねえか。くやしかったら、二度とひとのものに手をつけたり、嘘をついたりするんじゃねえ」

くちびるを噛みしめたこどもが、渋々ながらうなずいた。

「ところで金太、正吉んとこにはどの札を置いてきたんでえ」

「河童ばかりだけど、それで充分よ」

かわりに答えたおやすの口振りが尖っていたが、当たりめえだろう。おれもおやすも、金太はやってねえって思ってるんだ。

「おれが二文買ってやる。祭りの夜だ、仲町の駄菓子屋なら開いてるだろう」

こどもは正直さ、いきなり立ち上がった。

「仲町まで行かなくたって、古石場のうさぎやがすぐ近所だから。はやく行こうよ」

おれの手をきつく握った金太は、急ぎ足でぐいぐい引きやがる。川っぷちの暗い道には、石っころだの、犬のくそだのが転がってて、歩きにくいったらねえんだ。ところが金太はえれえ勢いだ。このあたりもこどもの遊び場らしく、足元がめえなくてもどうてえこともなさそうだ。

駆け寄ってきたおやすが、おれの空いている手を握りにきた。

「さっき正ちゃんは、火の玉が自分のだって言ったのよ」

「河童よりは、ましな札じゃねえか。ふてえガキだ」

「それであたし、金太の鼻血がついたままの札を見せたの」

やるじゃねえかと女房を見た。

「ちょうど火の玉のところに、赤い血がついてたわけ。そしたらあの子、やっぱり河童がいいって」

歩きながら笑い転げたことで、カミさんもすっきりしたらしかった。うさぎやに着いても、おれの手を握りっぱなしだった。

古石場はなにもねえところだ。

ほかのこどもたちはとっくに家んなかさ。うさぎやは店じまいの途中だった。腰の曲がり始めた親爺が、大儀そうに店先の縁台から瓶を運び込んでいる。

金太は構わずなかに飛び込んだ。が、お目当ての黒箱はどこにも見当たらねえ。

「しまいかけのところをすまねえが、絵札を二文、売ってくんねえな」

耳が遠いのか愛想がねえのか、親爺は返事もしねえ。そればかりか、狭い店に立った金太が邪魔だと言うように、瓶を抱えた肘で小突きやがった。

血が昇った顔色を見たおやすは、おれのたもとを押さえつけて前に出た。

「こんな夜分にすみませんが、わけがあってどうしても札をひかせてやりたいんです。なんとか二文だけ、売ってもらえませんか」

閻魔さまでも、ほろりとしそうな声だった。おやすのわきには、頬（ほお）のあたりがぷっくり腫れた金太が突っ立ってる。
親爺は返事もしなかったが、奥から箱を取り出してきた。
「まだ当たりが出てないよ」
声は意外にも優しかった。
それを聞いた金太は、肩のあたりをぶるるっとさせた。
大きく息を吸い込み、それをふうっと吐き出してから勢いよく手を突っ込んだ。とこ
ろがなかなかを搔き回すだけで、札を摑み取れずに迷ってやがる。
「なにやってんでえ。さっさと選びな」
焦れてそう言ったら、おやすに睨まれた。おれは言葉のかわりに片手を金太の肩にの
せた。しかし小僧は、いつまでたっても選びきれねえんだ。
さすがにおやすも待ちきれなくなって、おれの手がのっているのと反対側の肩をそっ
とつまんだ。
それがきっかけになったんだろう、立て続けに二枚ずつ、四枚の札を引き出した。
四枚どれもが河童だった。
金太のつらが、描かれた札とおんなじような、泣き笑いになってたぜ。

いさましい話

山本周五郎

山本周五郎（やまもと・しゅうごろう）
一九〇三年山梨県生まれ。『日本婦道記』で直木賞に推されるが辞退。著書に『樅ノ木は残った』『赤ひげ診療譚』『五瓣の椿』『青べか物語』『おさん』『季節のない街』『さぶ』など多数。六七年逝去。

一

国許（くにもと）の人間は頑固でねじけている。

——女たちがわるくのさばる。

——江戸からゆく者は三年と続かない。

江戸邸（やしき）ではもうずっと以前からそういう定評があった。また事実がいつもそれを証明してきた。特に若くて重い役に赴任したような者は、例外なしに辛きめにあうということだ。

——理由はいろいろあるだろうが、どこの藩でも、藩主は江戸うまれの江戸そだちであるから、自分が家督して政治を執るばあいには、しぜん身近で育って気心の知れた者を、重要な役につかいたくなる。これはどうしてもそうなりがちである。

国許そだちの人間は性格がとかく固定的で、融通性に欠けている例が多い。環境が根づよい伝習でかたまっているためもあろう。暢気（のんき）な者はばかばかしく暢気だし、偏屈な人間はしまつに困るほど偏屈である。

――この藩ではその点がことに際立っていた。おそらく気候風土の関係もあるのだろうが、一般に傲岸粗暴であり、きわめて排他的な気分が強かった。

――江戸の人間はふぬけで軽薄だ。

――人にとりいるのが上手だ。

――口さきがうまくて小細工を弄する。

かれらはかれらでこう信じていた。そしてその信念を決して譲ろうとはしなかった。笈川玄一郎を送るために、親しい友達なかまで別宴を張ってくれたが、集まった七人のうち三人まで国詰になった経験があったから、話はしぜんその方面のことでもちきり、なかばからかいぎみの忠告や意見がしきりに出た。

「なにより困るのはすぐ刀を抜くことだ、議論に詰るとすぐ決闘だからな、絶えず決闘がある」

萩原準之助が云った。

「――尤もどっちか少し傷がつくと、勝負あったでひきわけになるんだが、議論のほうもそのままひきわけだからね、結果としてはなんにもしなかったと同じなんだ」

「あれが自慢のお国ぶりなんだ、もっとも武士らしいやりかただと思ってる」

「もうひとつふしぎなのは女たちの威勢の強いことだね、威勢というより権力にちかいものだ」井部又四郎がそう云った。

「――夫人や令嬢たちが幾つも会をもっていて、音曲や茶や詩歌の集まりをするのはまあいい、堂々と男を客に招いて酒宴を催すのにはびっくりしたよ」

「おまけにあの傲慢な男たちがみんな一目おいているからね、道で上役の夫人などに会うとこっちから挨拶をする」

「それを怠るとあとが恐ろしいんだ」

玄一郎は、苦笑しながら盃を取った。

「もうそのくらいで充分だ、あんまりおどかさないでくれ」

「いってみればわかるさ」八木隼人がまじめな顔で云った、「――笈川の勘定奉行は近来にない抜擢だからな、国許ではきっとてぐすねをひいて待っているぜ」

「とにかく当らず触らず、見ず聞かず云わず、この五つを金科玉条にしてやってみるんだね」

そしていけないと思ったら即座に辞任すること、病気とでも云ってすぐ江戸へ帰る、そのほかに手はないと口を揃えて云った。

玄一郎は吾助という下男を伴れて江戸を立ち、九月はじめに国許へ着いた。

江戸から連絡してあった庫田主馬の家に草鞋をぬぎ、すぐさま国家老の和泉図書助ほか、重臣老職のうちおもだった七人に挨拶だけして廻った。

玄一郎のためには五番町というところに家が定(きま)っていたが、まだ修理が終らないので、半月あまり庫田の世話になったのであるが、その期間にかなり多くのことを知ることができたのは幸いであった。

庫田主馬のことは、亡(な)くなった父から聞いていた。父の笈川玄右衛門も国許のそだちで、算数に巧みなところから、先代の伊賀守正敦(いがのかみまさあつ)にみいだされ、江戸定府の勘定方支配にぬかれた。国許では運上役所の軽い身分だったらしい。

庫田とはその頃の親友で、当時は主馬も百五十石ばかりの家の三男であったが、望まれて庫田へ入婿(いりむこ)したとのことである。亡くなった父も実直な、学者はだのごく穏やかなひとであった。主馬はまたそれ以上に朴訥(ぼくとつ)温厚な性格で、妻女のはっきりした遠慮のない挙措と、きわめて対蹠(たいしょ)的にみえた。

――婿養子となると、武家でもこんなものか。

世話になった半月ほどのあいだに、こう思わせられたことが二度や三度ではなかった。しかしそれは庫田に限ったことではなく、つまり婿であるなしにかかわらず、それが一般的な風習だということを、まもなく彼は知ったのである。

国許では女の威勢が強い、と、江戸でしばしば聞いていたが、じっさいは想像以上であり、しかもきわめて根づよくゆきわたっていることに、玄一郎はずいぶんとまどいをしたものであった。

二

五番町の家へ移ったのは九月下旬のことである。それから正式に勘定奉行交代の披露(ひろう)があり、国家老の夫人の招宴と、同じく国家老の令嬢の主催で招宴があった。続いて重臣たちの招待、奉行職だけの招待、そして彼の役所に属する下僚たちの招待など、三十日ばかりのあいだに五つの招待を受け、また、奉行職たちをいちど、下僚をいちど、答礼に招いて酒宴を張らなければならなかった。

江戸ではこんな例はない。御殿で定った祝宴はあるが、それもごく形式的なもので、役の任免などにこんな派手なことをするためしはない。まして夫人や令嬢たちに招かれるなどということは、――井部に聞いてはいたけれども、――彼にとってはまったく初めての経験であり、驚くよりも、途方にくれるばかりだった。……これらの事も、すべて庫田夫婦の世話になったのであるが、主として面倒をみてくれたのは、夫人のほうで主馬はときどき助言をするくらいのものであった。

「奉行職の方々は望水楼になさいませ」

「役所の方たちは釣橋でようございましょう」

そんなふうに招宴の場所も定め、酒肴(しゅこう)の注文などもてきぱきやって、なおひととおり客の接待までしてくれた。

「御婦人たちにも招待のお返しをするのですか」

「いいえ、殿方が女を招くということはありません」庫田夫人はこう云って笑った、「——婚約のできたときには招待をしますけれど、そのときも主人役は許婚者の方がなさいますの、男の方は黙って任せていらっしゃればいいのですよ」

それから庫田夫人はこんなふうにも云った。

「貴方は女の方たちににんきがおありだから、これからもきっと招待があると思います、そんなときはなにを措いてもお受けにならなければいけません、これだけはよく覚えていらっしゃらないと」

そして警告するような笑いかたをした。

玄一郎は庫田家にいて見聞したことと思いあわせ、夫人の警告が誇張ではないということを了解した。そうして事実その後もしばしば夫人や令嬢たちから招かれたが、できる限り避けたり辞退したりしないように努めた。

勘定奉行交代の披露と、それに続く幾たびかの招宴で、藩中の彼に対する感情もあらましわかった。ごく簡単にいうと、それは、「無関心」と「反感」とにわけることができる。重臣や老職たち、またそのほか中年以上の人々は前者に属していて儀礼や事務に関する事はべつだが、そのほかの点では疎みもしないが親しみもしない。

——どうせすぐ江戸へ帰る人間だ。

こう思っているようにさえみえる。これに反して青年たちはおしなべて後者の態度を明らかにした。特に勘定奉行に属している者、つまり玄一郎の下僚の青年たちにそれが甚だしい。かれらは初めから不服従と反感を示し、わざと彼を怒らせ、困惑させるようにふるまうのであった。

——怒るなら怒ってみろ。

かれらはいつもそういう姿勢をみせた。

——さっさと逃げるほうが安全だぜ。

絶えずこういう嘲笑(ちょうしょう)の眼でこちらを見た。そのなかまでは書記役の益山郁之助(いくのすけ)と三次(みよし)軍兵衛、収納方の上原十馬の三人が主動者であり、もっとも挑戦的だということを、まもなく玄一郎はみぬいたのである。

このあいだにもし津田老人を知らなかったら、彼の忍耐は続かなかったに違いない。単に忍耐が続かなかったばかりでなく、彼の後半生はまったく別個のものになったろうと思う。——ずっとのちになってから、老人と自分との複雑な関係がわかり、ひじょうな感動をうけたのであるが、それをべつにしても、津田老人のいてくれたことは、彼にとってきわめて大きな救いであった。

津田庄左衛門は玄一郎の就任の披露にも列席し、老職に招かれた宴席でも、またこちらが望水楼へ招いたときも会っている。老人は作事奉行だから、三度とも顔を合わせている筈だが、彼には少しも印象が残らなかった。

　初めて口をきいたのは霜月中旬の、曇った風の強い午後のことであった。下城して和泉門から出たとき、うしろから呼びかけられ、大手筋の辻までいっしょに話しながら歩いた。

「寒いのに驚かれたでしょう、なにしろ、気候の暴い土地ですから、――雪が来てしまえばまあ少しは凌ぎいいのですが、雪の来るまえのこの風ばかりはどうも、馴れている私どもでも、閉口します」

　淡々とした穏やかな口ぶりで、悠くりとおちついた調子で話した。

「しかしこんな気候の暴い土地でも、やはり梅が咲き桜が咲きますからな、草花なども江戸から移したのがたいていは根づいて咲くようです、――そういう点では、どうも人間のほうが辛抱が続かない、どうもすぐ腰が浮いてしまうようで、……尤も人間と草木を比べるのが無理でしょうが」

　玄一郎はそれが自分を諷して云うように思えた、だが老人は唇のあたりに静かな微笑をうかべ、そんなけぶりは些かもみせずに、四辻のところであっさりと別れていった。

三

その後も役所の廊下とか、登城下城のときなどに会い、いっしょに歩いたり立ち話をしたりした。四五たびそんなことがあってからようやく、相手の名と身分とがわかった。

――作事奉行、津田庄左衛門。

玄一郎にはかなり意外だった。いつも謙遜で慇懃なものごしから、どこかの役所の支配ぐらいに思っていたのだが、それからは改めて見なおす気持になった。

津田庄左衛門は五十八歳という年よりはふけてみえる。五尺七寸あまりの痩せた軀つきで、おもながの彫刻的な顔に、いつも柔和な微笑をうかべている。動作もゆったりとおちついているし、誰に対しても丁寧で、決して高い声をだすようなことがない。ぜんたいに枯淡な、すがすがしい気品に包まれている感じだった。

こういうひとがらにもかかわらず、津田が孤独な人だということに、玄一郎はやがて気がついた。津田には親しくつきあう者がない。注意してみると誰もが津田を敬遠しているようである。

津田が誰に対しても丁寧であるように、周囲の人たちも応待はきわめて鄭重であるが、その鄭重さには一種のよそよそしさと冷たい隔てが感じられた。

――あの人は本当は狷介なのかもしれない。

玄一郎はそう思った。誰に対しても丁寧なのは、実は誰をも近づけたくないための、拒絶の表現かもしれない。

ほかにも事情はあるらしいが、彼はこう考えた。そうして時が経つにしたがって、しぜんと津田のひとがらに惹かれていった。

役所のほうは不愉快な状態が続いていた。事務はいつも停滞し、投げやりにされている。いつまでも整理のつかない書類があるので、これはどうしたのかときくと、「私は知りません、それは楢原の係りでしょう、いや待って下さい、武井でしたかな」

こう云ってそっぽを向いてしまう。そうして楢原や武井の係りではなく、その当人の役目だということがわかると、「ああそうでしたか、では私がやりましょう」

そして人をばかにしたように笑うのであった。これに類したことが毎日きまって二度や三度はある、怒らせるつもりで共謀してやっているので、怒れば向うの思うつぼだから、玄一郎は決して相手にならない。

――柳に雪折れなし。

どっちが続くか辛抱くらべという気持で、いつもやんわり受けながしていた。だが単にそれだけでもなかった。ここはかなめだとみれば楔を打った。

その年末の勘定仕切のときであるが、払い出しの帳簿をみてゆくと、玄一郎が赴任したときの招宴の費用が書き出してあった。重臣たちのが一度、老職たちのが一度、役所の下僚たちのが一度、これらがみな公費とも私費ともつかず請求されているのである。……玄一郎はこれをすぐに払い出し帳簿から削り、勘定書を三者それぞれの詰所へ持ってゆかせた。

「これは勘定役所へまわって来たが、なにかの手違いと思うからそちらへ渡します」

こう云わせたのである。もちろんひと応酬あることは予期していたが、まずねじこんで来たのは役所の下僚たちで、例の益山郁之助、三次軍兵衛、上原十馬の三人が総代となり、しきりに理屈をならべたてた。

「いやどんな理由があっても、こういうものを役所で払うわけには、公用の意味があるならとにかく、これはまったくの私費だから」

「私費とは云えないでしょう」益山がやり返した、「――私どもは私人として貴方を招待する気持はなかった、私どもにとっては貴方は見知らぬ人です、招待しなければならない理由もなし、招待したいと思ったわけでもない、ただ役所の上司となって来られたので、儀礼としてお招きしたわけですからね、私どもとしては面白くも楽しくもなかったんですから」

「それはお気の毒だった、今後こんなむだなことはやめるほうがいい、――わかったらこれはそちらで払ってくれ」

玄一郎はこう云うなり筆を取って机のほうへ向いてしまった。

同じ日のうちに次席家老から呼ばれた。益山税所といって、益山郁之助の伯父に当り、これはのんびり型の、煮えたか焼けたかわからないような老人だった。

税所はやはり勘定書を出して、こういうものは公費でまかなうのが従来の慣習である。これまでずっとそうして来たのだから、今後もそうするようにと云った。玄一郎は断わった。それは勘定奉行として不可能である。江戸邸ではそんな例はないし、そういう慣習を守れという注意も受けていないと答えた。

「しかし私の一存で押しとおすのもいかがですから、すぐ江戸邸へ使いをやって問い合せることに致しましょう、もし役所で払えということでしたら払いますが、それまでこれはいちおうそちらでお支払い願います」

穏やかに云い置いて役所へ戻ると、おっかけ国老席から人が来て、江戸へ問い合せるには及ばない、こちらで払うからと云ってよこした。

これらのいきさつがわかったものだろう、老職からはついに苦情は出ずに済んだ。

四

雪のなかで年が暮れた。

この土地は東と北と南に山岳が重なり、西側に海岸が長く延びている。東北の山から流れて海へ注ぐ河が大小三筋あり、それを中心に広い豊かな米作地がひらけている。城下市はその大きい河の下流にあって、近くに河口港をもち、近国での繁昌の土地といわれているが、重なっている山岳と海岸線との関係で、ひじょうに気候が暴く、冬季のきびしさはともかくとして、殆んど定期的に冷害、旱害、風水害などの災害にみまわれた。

雪はよく降るが積る量は多くない。粉のように細かく、さらさらと乾いた雪で、絶えず吹きつける北北西の風に積るひまもなく、夜も昼も天地のあいだを煙のように舞い狂っている。そうしてどんなによく閉めた戸や障子の隙間からも吹きこんで、朝になると寝所の枕許まで白くなることが珍しくなかった。

正月は式日登城のあと五日まで非番だった。和泉国老はじめ重臣老職へ年賀にまわり、庫田では半日ひきとめられた。

三日は朝から家にいると、午後になって津田庄左衛門が訪ねて来た。初めてのことである。玄一郎は酒肴を出して昏れがたまで老人と静かに話した。

「宴会の公費まかないをよく拒みとおされましたな、おかげで私も割前を取られたくちですが、あれは悪い習慣で、これまでも幾たびか反対が出たのですが、いつも若いれんちゅうに押されてうやむやになって来たものです」

「古い慣例はなるべくそっとして置きたいのですが、あれはどうも……」

「やるべき事はやったほうがいいのです」津田はこう云って微笑した。「——尤（もっと）もいずれ江戸へお帰りになるということなら、求めて敵をつくることもないでしょうが」

「私は江戸へは帰りません」

玄一郎はこういって微笑を返した。津田は静かな眼でこちらを見た。温情のこもった、包むようなまなざしであった。

「しかし続きますかな」

「たやすいことではないと思いますが、ひとつ考えたことがあるのです」玄一郎は盃（さかずき）を下に置いた。「——こんなことを申上げるとお笑いなさるかもしれませんが、それはこの土地のひとを嫁に貰（もら）うことなんです」

「…………」

「ここでは婦人たちのちからがたいへん大きい、話には聞いていましたが、実際に見てじつは驚いたのです、それで考えたのですが、この土地のひとと結婚すれば、姻籍関係もできるし、またその妻のちからもいろいろの面で役立つと思うのですが」

「悪くはないですね」津田は頷（うなず）いたが、同時に危ぶむような微笑をみせた。「——寧（むし）ろよい御思案でしょうが、ここの女たちはちょっと気風がべつですからな、全部が全部というわけでもないが、古くからの気風ですからなかなかそこが」

「たいてい想像はしていますし、その点は無理をしなければいいと思います」

津田は静かに頷いたまま、もうなにも云わなかった。独りになってから、玄一郎はちょっと自分がにがにがしく思われた。この土地の者と結婚しようということは、江戸を立つまえに心できめていた。これまで江戸から来た者が結局ここの人たちと融合することができず、大多数が任期の終るまえに辞して帰った。それはつまるところ「江戸から来た」人間であり、「また江戸へ帰る」人間だということが、ここの人たちとのあいだに一種の隔てをつくっていたのではないか。

根本的には気質や風習の違いもあるだろうが、この土地で結婚しこの土地に親族ができれば、いちおう土地に根をおろしたことになる。単に「江戸から来て江戸へ帰る」人間ではなくなるから、しぜん周囲の見る眼も違ってくるだろう、――こう考えていた。また招かれた宴席で、このひとならとひそかに見当をつけた娘もある。

だが津田に対してそんなことをうちあけるのは早すぎた、おまけにだいぶいきまいた、ようなかたちになったことはわれながらあと味がよくなかった。

――ついぞこんなことはなかったのに。

彼はいやな顔をしながら、津田という人にはそんなふうにこちらをひきいれるところがあるので、注意しなければならないと思った。

七日の午後に和泉家へ招かれた。松尾という令嬢の招待で、同じ年ごろの娘たちが十人ばかり集まっていた。もう三度めなので、たいがい顔だけは見おぼえているが、松尾ともうひとり萩原くめという娘とが、姿も顔だちも群をぬいて美しかった。くめの家は江戸の萩原と縁つづきで玄一郎の友人の萩原準之助とくめとはまた従兄弟の関係にあるということだった。

娘たちの宴らしく、いろどりの華やかな膳部に酒が出た。夫人たちほどではないが、みんな盃を手にし、この家の三人の侍女が給仕をしてまわった。

三献のあと松尾が琴を聞かせ、べつの娘二人が琴と三絃を合わせた。それから膳が代って食事になり、済むと暫くして、くめが茶の点前をみせた。

男の客は玄一郎ひとりで、三度めとはいうものの相当ばつがわるい。だがその日はひそかに期していたことがあった。かねて見当をつけていた娘を、もういちどよく見るということである。彼の目標は松尾かくめかで、ひとがらはくめのほうがよいと思ったが、頭のよさと国老の娘である点、彼の求めている条件からすれば松尾をとるべきだと思った。

そういうわけで、その日はばつのわるさもなにも構わず、寧ろ無遠慮なくらい松尾のようすを見まもった。――そういうことには敏感な年ごろだから、娘たちの幾人かはそれに気づいたらしい、松尾はまったく無関心をよそおっていたが、彼の大胆な注視にあううち、ふと眼のまわりを染めたり、とつぜんに動作が硬くなったり、また声になまめいた艶を帯びて、あらぬとき高く笑ったりした。

「ぶしつけですが横笛がありますか」

玄一郎はこう云ってまっすぐに松尾を見た。松尾は眩しそうにまたたきをしたが、さすがにいたずらな羞かみなどはみせなかった。

「稽古用のごく雑なものならございますけれど」

「それで結構です、こちらもほんのうろ覚えで、座興に笑って頂くくらいのものですから」

松尾は侍女に命じて笛をとりよせた。雑なものどころではない。明らかにすじのとおった品である。すがたも古雅であるし、音色も深く冴えていた。玄一郎は坐りなおして歌口をしめし、むぞうさに里神楽の囃し笛を吹きだした。

令嬢たちはびっくりした。初めは気づかなかったらしい、こういう席で横笛をと云う以上は、むろんそれだけの心得もあるだろうし、しかるべき曲を吹くものと信じていた。――ところが妙な調子で始まったと思ううちに、ぴいひゃらぴいひゃらとっぴきぴなどという派手なことになった。里神楽なら子供でも知っている。彼女たちもやがてそうわかって、びっくりすると同時になかにはくすくす笑いだす者さえあった。

玄一郎は平然たるもので、馬鹿囃しを一曲たっぷりとおちつきはらっていさましく吹奏したのであった。

令嬢たちは胆をぬかれ、途方にくれた。それがもし侮辱であるなら怒らなければならない。またもし好意から出た座興だとすれば、いちおう喝采するのが礼儀である。

――いったいどっちかしら、どうしたものかしら。

彼女たちはお互いにさぐりあい、判断がつかないのでもじもじしていた。だが玄一郎が吹奏を終ったとき、間髪をいれず、松尾が軽く手を拍ちながら明るく笑った。

「まあおひとのわるい、そんなお嗜みがおありとは少しも存じませんでした、ねえみなさま」

娘たちは松尾にならって手を拍ち、くちぐちに褒めたり笑ったりした。だがそのなかでくめひとりだけ、黙って無表情に脇のほうを見やっていたこと、また手を拍ち明るく笑いながら、松尾の眼に怒りの色があったことを、玄一郎はみのがさなかった。

明くる日は全部の役所が休みであった。

こっちへ来て驚いたことのひとつは、役所の休日の多いことである。農村とつながっているためらしいが、なになに祝いとか、忌み日とか、なにそれ祭りとかいって、定日のほか月にたいてい二三回は休みがある。その日は七日正月の慰労だそうで、これは武家だけが、互いに招待し招待され、また料亭などで派手に騒ぐようであった。

玄一郎にも重臣の家の三四から招かれていたが、断わって、家で江戸の友達へ手紙を書いていた。すると十時ころに、萩原くめが訪ねて来た。

取次を聞いたとき、ほんのちょっとではあるが玄一郎はどきりとした。昨日の、そっぽを向いた、無表情な顔を思いだしたからである。――くめは色も縞柄もじみな着物でごくうす化粧をしていた。それがいっそう清楚に、彼女の美しさを、際立てるようにみえた。

「お床間が淋しくはないかと存じまして、ちょうど蠟梅が咲きはじめましたので、持ってあがりました――」

「それは有難いのですが、私のところには道具がなにもないのですよ」

「いいえ粗末な物ですけれど用意してまいりましたから」

親しい家へでも来たように、こう云って侍女を呼び、さび付きの鉄の壺や道具や、ほどよく咲いた蠟梅の枝をそこへひろげた。

「こんな雪のなかで咲くんですか」

「――室で致しますのよ」

「ああなるほど、そうでしょうね」

益もないことを云ったものだと玄一郎は自分で苦笑した。くめは花を活け終ると、べつに話をするようすもなく、とりちらした物を片づけて帰っていった。

五

玄一郎の笛の話は忽ち藩中の評判になった。

中年以上の人たちはにやにやしていた。若いれんちゅうも一部では痛快がっているふうだった。つねづね女には押えられているので、玄一郎が令嬢たちを侮辱したものと信じ、いいきみだと思ったものらしい。

だが他の青年たちは同じ意味でよけい反感を唆られ、その侮辱に対して、婦人たちが報復しないことでも嫉妬しているようだった。

「馬鹿囃しとは呆れたもんだな」

下僚たちは役所でよくこう云いあった。事務を執りながら、上席に玄一郎のいるのを知って、聞えよがしに話すのである。

「いっぱし洒落たつもりなんだろう」

「洒脱を衒っているのさ、田舎者だと思ってばかにしてね、それで自分が恥をかいているとは気がつかない」

「そこが馬鹿囃しの馬鹿囃したるところだろう」

べつの者たちはしきりにいい、いいきまいた。

「われわれはいい嗤(わら)い者になっているぞ」

「勘定役所の者というとみんなが嘲弄(ちょうろう)するんだ、しかし返答のしようがないじゃないか」

「たいへんな上役を貰ったものさ」

玄一郎はむろんとりあわなかった、聞えないふりもしないが、聞えていて自分とは関係のないことのように、泰然と知らぬ顔をし、眉(まゆ)を動かさずにいた。

萩原くめはその後いちど花を替えに来、少しおいて自宅で茶をするからと、招きの使いをよこした。

初めて蠟梅を活けに来たとき、玄一郎はほぼその意味を察していた。それから花を替えに来たうえ自宅への招待で推察の誤りでないことが確実のように思えた。

松尾が手を拍って褒めながら、眼に怒りをあらわしていたとき、くめだけはみんなの喝采には加わらず、ひとり脇を向いて黙っていた。それが悪感情でなかったことはその翌日すぐ訪ねて来たのと、そのときの好意をひそめたようすが証明していた。単に好意だけではなく、そこにはもうひとつ深い意味さえ感じられたのである。

それは求婚でないにしても、求婚を期待し、それを受ける意志のあることを、示すものと思えた。

――あのひとならいい妻になってくれるだろう、平安な温かい家庭ができるに違いない。それだけなら望ましいひとだが。

　玄一郎は茶の招きを断わった。

　その三日ほどあと、定日の非番に津田庄左衛門が訪ねて来た。きれいに晴れた日で、あけてある窓からいっぱいに陽がさしこみ、火桶もいらないくらい客間は暖かかった。庇から落ちる雪解の雨垂れがきらきらと美しく光っては、あまおちの小石を賑やかに叩いていた。津田は窓に倚って暫く話していたが、ふと萩原くめのことを云いだした。

「あの娘はわるくはないと思うのだが、お気にいらないですかな」

「――なにかお聞きになったのですか」

「それは聞きました、貴方を萩原へすすめたのは私ですから」

　津田はいつもの穏やかな笑いかたで、ずっと以前から萩原が彼の話をしていたこと、また彼がこの土地で嫁を貰い、この土地におちつく決心だということを伝えてから、くめが彼に関心をもちはじめたことなど、淡泊な調子で語った。

「そういうこととは知りませんでした」

　玄一郎はちょっと頭を下げ、しかし平静な眼で相手を見た。

「これはまだ内密なのですが、和泉殿の松尾というひとをじつはまえから定めていたのです」

「――和泉の、……それはどうも」

津田はまったく意外だという表情をした。

「――それはしかし、貴方には貴方の選択がお有りなのだろうが、しかし」

「いつぞやちょっと申上げましたが」玄一郎は相手の疑問に答えるように云った、「――私の結婚は政略的なものなんです、単に好ましい家庭をつくるというだけではないので、そういう結婚にいいためられない性質と、政略的に必要な条件をそなえている点とで、私は松尾というひとを選んだのです」

珍しく津田は眉をひそめた。玄一郎の言葉に一種の冒瀆を感じたらしい。窓のほうへ顔を向け、眼を細くして高い青空を眺めやった。

「――松尾という娘は家中の若者たちの渇仰の的になっている、……当人もそれをよく知っていて、それをたいへん誇りに思っている、結婚してからもおそらくその誇りを棄てることはないでしょう、――貴方は現在より敵を多くつくるうえに、家庭でも不愉快な負担に堪えなければならない、それは想像以上だと思うのですがな」

「私はかなり辛抱づよいほうですから」

玄一郎はこう云って微笑した。

六

三月に藩主が帰国した。伊賀守敦信（あつのぶ）は、先代正敦の二男で、長男が夭折（ようせつ）したため家督になおったのであるが、二男らしい闊達（かったつ）な気性と、二十八歳という若さと藩主になってようやく五年、そろそろなにか始めそうなけぶりとで、保守的な国許（くにもと）の人々から警戒の眼で見られていた。

帰国するとまもなく敦信はひそかに和泉図書助を呼んでむすめ松尾を笈川玄一郎にめあわせるようにと命じた。

「笈川には将来やらせたい仕事があるので、和泉という姻籍の背景が欲しいのだ」

敦信はぶちまけた調子でこう云った。図書助はみごとにたぐり込まれた。なにをするかわからないこの若い藩主が自分の存在を高く評価していること、また笈川の将来がかなり大きく保証されていることなど、老人にはまず抵抗しがたい誘惑であった。

「御意の旨（むね）いちおう親族に申し聞かせましたうえ、早速お答えに参上つかまつります」

土地の習慣で、親族とは妻女に相談する意味である。これには一つの由緒（ゆいしょ）がある、この藩の五代まえの先祖が、徳川家康に岡崎城代を命ぜられたとき、「妻と相談したうえでお返辞をする」と答え、本当に妻と相談したうえで城代になった。それは大役であるから、妻にそれだけの覚悟と協力の意志がなければならない、という意味であって、当時の美談として伝えられ、藩の一気風となったのである。

このばあいは図書助の気持はすでに定っていた。即答をしては軽がるしいと思ったからそう挨拶をしたので、翌日すぐに承知の旨を答え、次席家老の益山税所が仲人となり、その月の下旬には祝言の式が挙げられた。

これは藩中にかなり大きな波紋を起こした。第一は家柄の差である。笈川は父の代には百二十石ばかりの勘定役所出仕であった。和泉は代々八百五十石の城代家老である。保守的な国許ではこんな縁組は曽てなかった。

もう一つは津田庄左衛門の云ったとおり、松尾が青年たちの憧憬を集めていて、求婚しつつあった者もずいぶんいた。それがとつぜんこういうことになったのである。

——なんだ、人もあろうに成上りの、しかも江戸そだちの人間などに。

かれらは失望しただけではなく、相手が笈川という江戸から来た人間であることに、侮辱と怒りを感じたのである。だがそればかりではなかった。結婚した当の松尾さえも、玄一郎との結婚に不服であり、屈辱だと思っているようすだった。

祝言の夜のことであるが、寝所で二人きりになると、松尾は冷やかな眼で彼を見、刺すような調子でこう云った。

「この縁組はあなたが殿さまに懇願なすってむりやりお纏めになったものですのね」

「そうです、殿にお願いするほうが簡単ですからね」

「ひと口に申せば、松尾はあなたの出世の足掛りというわけですわね」

「そうあればいいと思います」

「女がそういう結婚をよろこぶとお思いですか、結婚は一生のものです、そうしてそれは二人の愛情が土台になっていなければならないと思います、愛情もなしに、方便だけで結婚なすって、それで幸福にやってゆけるとお考えになれますか」

「ゆけるだろうと思いますね」

玄一郎は、穏やかに微笑した。

「結婚に愛情が大切だということはわかりますが、愛情が全部というわけでもないでしょう。また愛情というものは、結婚するまえよりも結婚してから、つまり良人となり妻となってから生れるほうが多いのではありませんか」

「それは動機が不純でないばあいですわ」

「――なるほど」

玄一郎は、相手からそっと眼をそらした。

「――しかし結婚の条件などというものは、一般にたいてい不純な要素があるものですよ」

「それをがまんできない者もおりますわ」

松尾は、屹（きつ）とした眼で玄一郎を見た。

新婚の家庭は冷たいものであった。松尾は殆（ほと）んど玄一郎によりつかなかった。身のまわりの世話はすべて小間使にさせ、食事をいっしょにする――江戸では逆である――ほかはまるでべつべつに暮していた。

五月になって、勘定奉行所で大胆な任免が行われた。益山郁之助、上原十馬、三次軍兵衛の三人は役を解かれ、事務係りで七名の者が部署を替えられた。藩主が直接に命じた移動なので、表面はなにごともなくおさまったが、玄一郎の策動とみた人たちの、彼に対する反感は憎悪（ぞうお）となっていぶりだした。

策動という意味ではないが、この任免が玄一郎の上申によることは事実であった。敦信の帰国以来、彼はしばしば敦信と会い、今後の方針に就いて意見を交換した。

「しかしそのほう一人でやってゆけるか、重職を二人ばかり江戸から入れるほうがいいのではないか」

「まだその時期ではないと思います」

「だが歳出切下げはもめるだろうし、役所の技術的な面でも協力者が必要であろう」

「それもどうにかやってゆけると存じます」

玄一郎の自信がどれだけ慥（たし）かであるか、敦信にはわからないし、疑惧（ぎく）があった。――敦信が彼を抜擢（ばってき）したのは、財政を改革して、農地開拓と産業を興（おこ）すことに目的があった。

そのころ若くして家を継ぎ、多少でも野心のある藩主は、たいてい政治の改革に手をつけたものだ。

領主が一代主権の座にある封建制では、その主権が動かないため、いろいろの面に停滞と偏向が生ずる、しぜん代替りには改廃すべきものが少なくないのである。敦信はまだ世子でいたころから、農地の開拓と産業を興す計画をもっていた。そしてこれまでに腹心の者を交代で国許へ入れ情勢をみたうえ玄一郎をよこした。

——まず財政。歳出歳入の調整。

これが敦信の改革の第一着手であった。

「ここの人々は頑迷さというのではなく、安定を毀(こわ)されるのが不愉快なのです」玄一郎は、こう云った。

「——現在の状態に触られたくない、このままそっとしていたいという気持なのですから、暫(しばら)く私だけでじわじわ地取りをし、時をみて少しずつ人を入れたいと思うのです……いま江戸から人を殖(ふ)やしますと、却(かえ)ってかれらの不安を大きくし、団結して反対を致しかねません、その機微な点は軽くみてはならないと思います」

「おそらくそのとおりではあろうが」

敦信は頷(うなず)いて、それからふと笑いながらこちらを見た。

「嫁のほうはどうだ。うまくいっているか」

「桃栗は三年、柿は八年、梅は十八年ということを申しますが、御存じでございますか」

「しかしそのなかには松はないようだぞ」

敦信はこう云って愉快そうに笑った。

在国ちゅう敦信は熱心に領内を見てまわった。玄一郎は二度ばかり供をしただけで、夏になると頻りに魚釣りを始めた。——三つある河のどれにも魚が多く、藩中にも釣りに凝る者がだいぶいた。津田庄左衛門がそのなかでも上手だそうで、玄一郎も初め津田にてほどきを受け、その後もゆくときはたいてい津田を誘うか誘われるかした。

二人はいつも由利川を二里ほど遡った、柳瀬という淵のあたりで釣った。だいたいそこに定っていた、そうして妙なことには、どちらも魚を釣ることにあまり精を出さない、話をしたり、ぼんやり雲や水を眺め、風の音に聞きいるというふうであった。

「貴方は釣りはお好きではないとみえますな」

「いや、そんなことはありません」

「そうでしょうか」津田はとぼけたような顔で、なにやら独り頷いた。

「——まあそれはとにかく、人間に隙があるということはいいものです、弱点も隙もないという人間はつきあいにくいですからな」

「津田さんもお上手ではないようですね」

玄一郎は、話をそらすように笑った。

「評判では釣りの名手だと聞いていましたが、私に遠慮をなすっているというわけですか」

「いや、上手は釣らぬものですよ」

巨きな岩のうち重なっている間を、水は淀をなし瀬となって流れていた。両岸から蔽いかかる樹の茂みで、あたりは空気まで琅玕色に染まるかと思える。

秋にはいって木葉が色づきだすと、林の中で小鳥が冴えた音を張り、水勢のおとろえた流れをしきりに川下へと下る魚のすがたが見えた。

「私は貴方のお父上を知っておりました」

或るとき津田がそう云って、古い思い出をさぐるように、眼を細めながら空を見あげた。

「仁義に篤い、温厚な、まことに珍しい人でしたが、貴方にとっても、おそらくいい父親でいらしたろうな」

「――はあ、仰しゃるとおり、いい父でした」

「叱られたり折檻されたようなことがありましたか」

「いやありません」玄一郎も回想の懐かしさにひきいれられ、両手で膝を抱えながら太息をついた。

「——叱られもせず折檻もされないので、却ってもの足りなかったのを覚えています、……相当これで暴れ者だったのですが、なにか失策をすると父は悲しそうに黙ってしまうのです、母は母で泣くだけですから、——これは折檻されるより利きめがありました」

「貴方のあとには御兄弟は生れなかったのですな」

津田は静かに眼を伏せ、澄み徹る秋の水を見まもりながら、まるで告白するような調子でこう云った。

「私はごくつまらない人間で、若い時代を愚かなことばかりして過しました、津田という家は筋目のあるもので、父の代までは国老格だったのですが、どうやら私の代で末すぼまりになってしまう模様です、——笈川は人物もよく、才腕もすぐれていて、ずいぶん藩家のお役に立った、それがいま貴方にひき継がれて、これからますます栄えてゆくことでしょう、……まことに人の一生というものは」

津田の言葉はそこで切れた。玄一郎もそのあとを聞こうとは思わなかった。早い落葉がしきりに舞い、山中の白く乾いた岩の上で、鶺鴒が黙って尾羽根を振っていた。

七

九月になるとすぐ、急の使者があって、敦信はにわかに江戸へ立っていった。あとでわかったのだが、幕府から寺社奉行に任命の沙汰があったのである。

これはまったく予期しないことで、玄一郎の立場はかなり困難なものになった。それはその年末に「歳出切下げ」を断行しなければならない。比例は上位は多く、下位には少ないが、扶持も平均して二割ちかい削減だし、一般会計では三割がた削る予定で、すでに江戸での案分計画は出来あがり、玄一郎の手に渡っていた。

法令としてはもちろん江戸国許の両重臣の副署を必要とするが、このばあいは緊急措置の手段を執り、敦信の「上意」ということで押切ることになっていた。

「おれがいなくては無理だろう、暫く延ばすほうがよくはないか」

敦信はあわただしい出立をまえにこう云った。しかし玄一郎はその計画が延ばせないことを知っている。敦信は待てるだけ待った。こんどこそといきごんでいる気持が赴任するときからわかっていたのである。

「できる限りやってみましょう、とにかくお墨付をお下げ願います、たいていうまくゆくと存じますから」

「必要なときはすぐ早（急便）をよこすがよい、なるべく無理はするな」

そうして敦信は江戸へ去った。

財政整理の墨付は十二月に来る。それまでは表立ってすべき事ではない、なるべく土地と土地の人々になじみ、ちかしいつきあいをひろげる。彼が自ら云う「地取り」をするのだが、今にわかにそういう奔走をすれば、その時になって却って逆の効果を招くかもしれない。

――じたばたするな、春が来れば花が咲き、秋になれば葉が落ちる、津田老も云ったではないか、上手は釣らぬものだ。

玄一郎は肚をきめた。つまらぬ工作をするよりしぜんに任せよう、まずのんびり精気をやしなうことだ。……そして暇があると魚釣りにゆき、ときには料亭で遊んだりした。

だが事実はのんびりしてはいられなかった。敦信が去るとまもなく、若いれんちゅうの抑えに抑えていた反感と憎悪が、しだいに露骨にあらわれだしたのである。

家庭も相変らずであった。妻とは名ばかりで、祝言以来まだいちども寝屋をともにしたことがない。食事だけはいっしょである。しかも松尾は好みのよい着付けにあでやかな化粧で、いつもなまめかしいほど美しくしていた。

「――きれいだね、眼がさめるようだ」

思わず玄一郎はこういうことがあった。すると松尾の眼がきびしく光り、唇のあたりに冷笑がうかぶのであった。

「この土地では、女のなりかたちを褒めたり致しますのは、小者か下人のほかにはございません、お慎み下さいませぬと、わたくしばかりでなく一族の恥になります」

概していつも黙ってしまうのだが、このときは玄一郎はわざときまじめに云った。

「江戸でも士君子は口にしないようだ、……つい出てしまったんだよ、……美しいものを見ると下人でなくとも美しいと云いたくなるものらしい、ことに夫婦のあいだなどではね」

こんどは松尾が黙ってしまった。

青年たちとの関係は険悪になるばかりだった。役所の空気もよくない。解職された三人が蔭で煽動するとみえ、再び事務は投げやりにされ、停滞し始めた。

玄一郎はこれにも逆らわなかった。かれらはいつも茶を飲み雑談をしている、寝ころんだり、足を伸ばしたり、可笑しくない話にげらげら笑ったりする。役机の上は四五を除いて、いつも硯は乾いたままだし、書類や伝票は溜められてあった。

中年を過ぎた者で四五人、かれらより幾らかましな者がいた。玄一郎はこの四五人を相手に、自分で急ぐものから順に始末をし、かれらに対してはなにも云わなかった。

ときたまほかの老職が来て、このじだらくなありさまを見ることがあっても、眉をしかめるくらいが精々で、たいてい黙って見ないふりをした。家老格で奉行職、きもいり役の梶井外記(かじいげき)という人は、いちど来て玄一郎を怒った。

「あんな不作法なことをさせておいては困る、役所の規律が立ちません、まるで子供部屋のようなありさまではないか」

「それはどうも」玄一郎はそらをつかって答えた、「——江戸ではこんなことはないのですが、こちらではこれが習慣だと思ったのです、郷については郷に従えと云いますからね」

そして穏やかにこうつけ加えた。

「しかし事務はきちんと片づいています、その点はみんなよくやっていますから安心を願います」

梶井外記は顔を赤くし、若いれんちゅうのほうへ振返ってどなりつけた。

「おまえたちは国許の名聞を汚(けが)す気か、江戸の者に嗤(わら)われてもよいのか、われわれが田舎者とおとしめられるのはこんなざまを見せるからだ、少しは面目というものを考えろ」

八

その日の午後おそく、下城して和泉門を出ると、下僚の青年たちが七八人待っていて、柳の並木のところで、玄一郎を取巻いた。

「ちょっと聞きたいことがあるんです、そこまで来て貰いたいんですが」

「…………」

玄一郎は呼びかけた青年の顔だけを見た。

「ひまはとらせません、ついそこです」

玄一郎は黙って頷いた。かれらは四方から取巻いたまま、壕端を三の曲輪のほうへ向っていった。

左に松井矢倉がみえるところを右に折れると、鉄砲組屋敷がある、そこを通りぬけると白旗八幡の森へつき当った。かれらはその境内へはいっていったが、そこには益山郁之助と上原、三次の三人が待っていた。

「やあ御足労をかけましたなあ」

益山が笑いながら、ずかずか歩み寄って来た。

「まえからいっぺん話したいことがあったんだが、今日はまたいやなことを聞いたんで、まあひとつ当ってみようということで来て貰ったんですよ、固苦しいことはぬきにして話そうじゃありませんか」

玄一郎は黙っていた。益山はじっとこちらを眺め、ふと唇を歪めて笑った。

「貴方はあまり愉快じゃないようですね」

「——用件だけ聞こう」

「談合は無用というわけですか」

益山はこちらを見上げ見下ろした。

「よかろう、こっちもそのほうが好都合だ、われわれはねえ、ずいぶんがまんしてきた、どうせ江戸の人間は軽薄なおっちょこちょいだ、口さきだけの腰抜けだと思っていたからね、——娘たちの前で馬鹿囃しをやってきげんをとったり、出世のために重役と縁をむすんだり、殿にとりいって不正な任免を行なったりするようなことは、恥を知るわれわれにはとうてい出来ない、そんなやつは人間の屑だと思っていたんだが、……おい、聞いているのかい」

「——要点だけにして貰おう、飽きてくる」

「これから飽きのこない話になるさ」

三次軍兵衛が、脇から口を挿しはさんだ。益山は堪え性がないとみえ、かっと赤くなりながら前へ出た。

「いいか、おれたちは人間の屑には構わないつもりでいたんだ、だがこんどはそうはいかん、貴方は今日われわれ全体を侮辱した、田舎者は不作法で規律を紊すと云ったそうだが、この事実を認めるか」

「そんなことはどうでもいいのだろう」玄一郎は平然と云った、「——要点はほかにあるのじゃないか、それを聞こうじゃないか」

「あっぱれだ、よく云った」

益山郁之助は眼をぎらぎらさせた。

「それならひと言で済むんだ、こういう問題の片をつける方法は一つしかない、まさか拒みはしないだろうな」

「場所と時刻を聞こう」

「わかりがいいな、所は観音寺山の二本松、時刻は明日の朝六時としよう」

玄一郎は黙って頷き、かれらの眼を集めながらそこを去った。

並木のところで取巻かれたとき、玄一郎はもう肚をきめていた、それも江戸を立つまえに考えていたのであるが、忍耐のできる限りはして、ぎりぎりというところへきたら思いきってやる。これまで来た者はそのまえに甲（かぶと）をぬいだ。それは事を荒立てないためであったが、結果としては国許（くにもと）のれんちゅうを増長させた。

こんどはやらなければならない、政治の改革という事業のためにも、江戸の人間が腰抜けでないという証拠をみせ、お互いの正音を出しあわなければならない。

――いずれは誰かがしなければならないことだ、それをおれがやるだけだ。

彼はこう思ったのである。

肚はきめているが、さすがに平気ではいられなかった。玄一郎は江戸邸（やしき）の道場では群なかった。

をぬく達者で、十八の年からは小野派をまなび、そこでも上位から五番と下ったことはなかった。

しかし真剣での勝負はまったくべつである、一流の名人といわれる者が、夜盗の刃にかかることもある。ことに明日の相手は二人三人では済みそうもない、少なくとも白旗八幡の境内に集まった者は、みんな敵にまわすとみなければならない。

とすれば勝敗は問題ではない、どこまで闘えるか、どうすれば恥ずかしくなく死ねるか。つきつめたところ懸念といえば、その二つであるが、その二つの懸念がなかなか踏み切れるものではなかった。

「今夜は更けて湯を浴びるから」

家へ帰った玄一郎は、召使にこう命じて居間へはいった。

松尾はどこかの集りへいったそうで、夕餉にも姿をみせなかった。玄一郎はずっと居間にこもり、役所に関するものと自分の身辺の処置、また江戸の友人への手紙など、遺書のかたちでそれぞれに書いて封をし、手文庫を出して私信を焼いたりした。

すっかり終ったのは十時ころである。召使に茶を淹れさせ、ほっとして窓に倚ると、障子に青白く光りがさしている。あけてみると十三夜あたりのきれいな月が出ていた。

玄一郎は立って、納ってあった横笛の箱をとり出して来た。竹子が古いかと思ったが、音を調べてみるとさしてわるくもない、灯を消し、窓をいっぱいにあけた。青白く水のようにさしこむ光りのなかに坐って、やや暫く月を見あげていたが、やがて彼は静かに歌口をしめし、三条古流でゆるしものとなっている猩猩の曲を吹きはじめた。

ふしまわしというものの殆んどない、ごく単調な、色彩の乏しい曲である。一節一節が長く、ゆるやかにひょうびょうとして、音楽というより自然の声のように聞える。

名人が奏すれば神が顕われるといわれているが、むろん玄一郎にそれだけの心得はない。ただ虚心に、月光のなかへ溶けいる思いで吹いた。

曲が終って笛を膝に置いたとき、うしろでかすかに嗚咽の声がした。振返ってみると、縁側に松尾が坐っていた。低くうなだれて、両手で顔を押えて、ひそめた声で啜り泣いている。玄一郎は黙って見ていたが、やがて、静かに、「どうしたのか――」ときいた。

松尾は懐紙を出して涙を拭き、そっと膝で座敷へはいって来た。

「あまり曲が美しいので、なんですか胸がいっぱいになってしまいましたの、初めてうかがいましたけれど、なんという曲でございますの」

「――さあ、うろ覚えだからね」

玄一郎はこう云って笛をしまいにかかった。松尾はそこに坐ったまま、黙って動こうともしない。肩をすぼめ、しんとうなだれて、これまでにない思いいるような姿であった。

「湯を浴びたいが支度はいいだろうか」

「はい、わたくしみてまいります」

玄一郎はちょっと眼をみはって、妻のうしろ姿を見送った。まるで人が違ったようである。いつもの驕慢な、冷たい敵意に似たものがどこにもない。寧ろよわよわしく、哀しげなようすにさえみえる。

——なにかあったのだ。

松尾がそのように変ったのはなにか理由がなくてはならない。玄一郎は風呂舎で湯に浸りながら、彼女が明日の決闘を聞いたのだと思った。そのほかに思い当ることはなかった。笛の音の美しさに泣いたと云ったけれども、おそらく今日の集りで決闘の話を聞いて、その感動を抑えられなかったに相違ない。

「——名だけでも妻は妻というわけか」

玄一郎はこう呟いて、風呂舎の暗い壁を見ながら苦笑した。

寝所へはいり、灯を暗くして、夜具の中へ横になってから、およそ半刻あまりすると、さらに思いがけないことが起こった。

うとうととしかかったじぶんであるが、襖のあく音がし、誰かはいって来るので、そっちを見ると松尾だった。襖を閉め、こちらへ寄って来て、少し離れて静かに坐った。

玄一郎はこんどこそ驚いた。松尾は祝言の夜の寝支度である、しかし髪を解いて、化粧も濃くはない。眼を伏せ、身を縮めるように坐った姿は、霜の上に淡紅梅の花が一輪散っているような感じだった。

「——今日なにか聞いたんだね」

玄一郎は夜具の上に起きてからきいた。

「萩原でお噂を聞きました」

「——それで……」

「わたくしお詫びを申さなくてはなりません」

玄一郎は黙っていた、松尾は低い囁くような調子で、ゆっくりとこう云った。

「こちらへ輿入れをしてまいりました晩、あのように申上げましたのは、愚かな我儘と強がりでございました、——本当は初めてお招きしておめにかかったときから、心のなかではお慕い申しておりましたの、明け昏れひとつ家にいて、お姿を眼にしお声を聞きながら、お側に寄ることもできず冷たいようすをつくっていることは、わたくしずいぶん辛うございました」

彼女はそっと指で眼を撫でた。玄一郎はやはりなにも云わない、黙って劬るようなまなざしで、じっと妻の姿を見まもっていた。

「苦しい悲しい気持で眠れずに明ける夜がつづき、こんどこそ思いきって、なにも云わずにお縋りしよう、幾十たびそう決心したかもしれませんでした、——でも夜が明けて、鏡に向うと、もうだめなのです、いつもの我儘と愚かな強がりが出て、……歯をくいしめるような気持で、やはり冷たいよそよそしいそぶりになってしまいますの、自分で情けないくやしいと思いながら、どうしても……」

松尾は抑えきれなくなったように、袂で面を掩いながら噎びあげた。

九

この告白は玄一郎には意外だった。いろいろの場合が眼にうかんだ。令嬢たちの招宴は四回あったが、四回とも松尾が主人役であり、そのときどきの趣向も彼女の采配であった。

——初めて会ったときからひそかに慕っていたという。

それがもし事実なら、馬鹿囃しの笛を吹いたり、藩主のお声がかりで求婚したりしたことは、松尾のような気性の者には屈辱だったに違いない。こちらはただ心驕った娘で、自分などの手では簡単にはいかないと思ったのであるが。

「よくわかった、もういい、寒いからここへはいらないか」

玄一郎はこう云って手を伸ばした。

松尾はふっと身を縮めた、本能的な羞恥であろう、だがすぐにすり寄って来て、その手を握りながらこちらを見あげた。

「かんにんして下さいますの」

「堪忍(かんにん)もなにもない、私も悪かったんだ」

　彼がひき寄せると、松尾はなえたような身ぶりで、重く彼の腕に抱かれた。柔らかい弾力のある軀(からだ)が、哀れなほど震えている。松尾は彼の胸へ顔を埋めるようにし、泣き笑いのようなみだれた声で囁いた。

「そうでございますわ、あなたがお悪いのでございますわ、松尾の気持を察して下さらないのですもの、――いつも平気なお顔で、澄ましていらっしゃるのですもの……なにも仰(おっ)しゃらずに、黙ってこうして下さればよかったのですわ」

「この木の実はまだ固そうだったからね」

　玄一郎の手がやさしく胸へまわると、松尾はああと熱い息をし、両の足をひきつるように縮めながら、さも悩ましげに頭を振った。

「こうして下さればそれでようございましたのに、ただこうして下されば、――それが、とのがたの役目ではございませんの、……わたくし待っていましたのよ」

「それで明日の今夜になってようやく勇気が出たというのだね」

「わたくし少しも案じておりませんの、さきほどの笛をうかがって、またひとつあなたという方を知ることができました、――里神楽(さとかぐら)の笛と今宵(こよい)の曲と、……いいえ決して決してあなたを負かすことはできませんわ」

玄一郎は黙ったまま、そっと妻の頰に頰を寄せた。縋りついている松尾の手にちからがはいり、にわかに息が熱くなった。

「あなた、――」

松尾は苦痛を訴えるような声で、低くこう叫びながら顔を仰向けにした。すると解いた豊かな髪が、肩をすべってさらさらとその背へながれおちた。

明くる朝はひどい霧が巻いていた。

五時すぎに家を出た玄一郎はまっすぐに約束の場所へ向ったが、五六町もゆくと、霧のために着物の前や髪までが濡れた。――城下町を西にぬけると、道の片方は由利川に沿った街道になり、左へ曲ってゆくと、畑や苅田の間を通って観音寺山の丘へつき当る。霧で見えないのか、それとも時刻が早いためか、途中でも人に会わなかったし、耕地にも農夫の姿が見えなかった。

七十段ばかりの高い石段を登り、寺とは反対のほうへ、みごとな老杉の茂った森をぬけてゆくと、急にうちひらけた広い草地へ出る。端のほうに巨きな松が二本あるので、俗に、「二本松の丘」と呼ばれ、春秋には行楽の人で賑わうという話だ。

土地が高いので霧もそうひどくはない、玄一郎が草地へはいってゆくとかれらはすでに来ていて、いっせいにこちらへ振向いた。人数は昨日より多い、どうやら十五六人はいるようである。玄一郎はゆっくりした大股で、静かにそっちへ近づいていった。

「堂々といらっしゃいましたね」

誰かがそう云い、みんなが笑った。益山郁之助が前へ出て、やはり唇で笑いながら、敵意と軽侮の眼でこちらを見た。

「お一人ですか。介添はないんですか」

「——一人だ」

「云うこともまずいさましい」

さっきの声がまたそう云い、こんどもみんなが笑った。益山は手をあげてそれを制止し、だが自分でもにやにやしながら、

「ではやむを得ない、作法を御存じなかったのだろうから、介添はここにいる者の中から、選んであげましょう」

「——そんな必要はないさ」

玄一郎はおちついた眼で相手を見た。

「——私は一人でいい」

「しかし自分で勝負の始末はできないでしょう」

「——もうしてあるよ」

適度にまをおいた平静な調子で、激しさや強さの少しもない、閑談でもしているよう

なロぶりだった。

「――断わっておくほうがいいと思うが、こちらの作法は知らないけれども、江戸では中途半端なことはしない、武士が刀を抜くからには、相手を斃すか自分が死ぬか、この二つ以外には勝負はない、……介添人というのは死躰の始末をする役で、これは出がけに家人へ命じて来た、必要がないと云ったのはそのためだ」

こう云うと、玄一郎は袖へ手を入れて、上着の肌をぬぎ腰へしっかりと挟んだ。下は死に支度の白絹である。

「――相手は誰と誰だ」

白布を出して汗止めをし、袴の股立をとりながら、初めて彼はそこにいる青年たちを眺めまわした。

「――一人ずつか、それとも此処にいる者みんながいちどに来るか」

かれらが気をのまれたことは慥かである。決闘といっても、この土地では片方が傷を負えば、それで勝負がついたことになる。ところが玄一郎はどっちか死ぬまでだと云った。もちろん武士が果し合いをするとすればそれが当然であるし、彼のようすもそこまでやるつもりらしい。

上着の肌をぬぎ、汗止めをし、袴の股立をとる、おちつきはらった動作を見ていると、明らかに殺気が感じられた。

「勝負は一人と一人だ」益山が仲間のほうへ手をあげた、「——おれが相手になる、誰も手出しをするな」

益山は元気に叫び、袂から草紐を出して襷をかけた。これまで幾たびとなく決闘をし、たいてい勝ち取っている。みんなそれを知っているからなにも云わず、二人を中心に輪をひろげた。

益山は襷をしただけで草履をぬぎ、刀の柄へ手をかけて云った、「こっちはいいぞ」

玄一郎は刀を鞘ごととり、下緒を外して襷をかけた。悠々たるものだ、それから刀を抜いて、鞘を枯草の上に置いた。

「——あまりいい足場ではないな」

呟くように云って、まわりを見まわし、空を仰いだ。それから静かに刀を青眼にとり、左足を少しひいて益山を見た。

「——よかろう、いざ」

益山は刀の柄に手をかけたままである。まだときどき霧がながれる。ごく薄く条のようになり、布を引くように、——しかし天も地もすっかり明けはなれて、森の中ではしきりに鶫が鳴きはじめた。

抜刀流の手でもやるとみえたが、益山はふと五六尺うしろへ退り、刀を抜いて構えなおした。そのとき玄一郎の唇にあるかなきかの微笑がうかんだ。

「――益山安心してやれ、生命はとらない」

玄一郎は低い声で云った。

「――但し右の腕だけは貰った」

益山の刀が波をうった。息はあらく、呼吸が強くなる。緊張のあまり眼は大きくみひらかれ、唇の間から歯がみえた。

益山の軀は幾たびも動作を起こそうとした、そのたびに刀が波をうった、だが玄一郎の青眼の切尖が先を押える、眼につかぬほど微かに、しかしきわめて的確に切尖がつつと揺れる。……それは益山が動作を起こそうとする瞬間と、その方向を「こうか」と云うようにみえた。

玄一郎はすっと前へ出た。益山の顔が白くなった。玄一郎はさらに前へ出た。益山の唇が捲れて歯がむきだしになった。

とつぜん絶叫があがり、益山が飛礫のように斬り込んだ。

取巻いている青年たちはあと云った。益山は中段の刀をそのまま、軀ごと相手へ突っかけたのである。相討ちを覚悟した必死の手だ。玄一郎は僅かに躰をひらいた。そして彼の手のなかで刀が峰をかえし、きらっと空を截るのが見えた。

青年たちの眼にとまったのはそれだけである。その刹那にぼきっといういやな音がし、益山の軀はのめっていった。斬り込んだ勢いをそのままのめっていって、枯草の中に転倒し、左手で草をひき挘った。

「——誰か代って出るか」

玄二郎は、静かにかれらを見まわした。

「——出る者がなければ帰るよ」

みんな黙っていた。三人ばかり益山郁之助のほうへ駆けていった。玄一郎は刀を拭い、鞘を拾っておさめ、支度をなおしながら、同じような淡々とした口ぶりで云った。

「——そっちで饒舌らなければ、この場かぎりで済むだろう、私は黙っているよ、ばかげたことだからな、……しかし望まれればやむを得ない、いつどこへでも呼び出してくれ、侍は一日一日死ぬ覚悟で生きろ、私はこう云われてそだって来た、——御奉公もそのつもりで、いつ死んでもいいように始末をしている、なにも知らずに江戸から来たわけではないんだ」

玄一郎はすっかり支度をなおすと、もういちどかれらの顔を見まわした。それからちょっと益山のほうへ振返ったが、なにも云わずに、ゆっくりと草地を横切って去った。

十

ふりかえってみれば僅かに一年であった。

江戸を立つとき心をきめたように、できる忍耐はしとおし、そのあいだにじりじりとこの土地へ根をひろげた。その根はいま確実に生長し始めている、それは皮肉なことに二本松の決闘が機縁になった。

妻が折れてきたのもそのためだし、彼に対する青年たちの態度が全部が全部でないにしろ、眼に見えて変ってきた。

——うっかりへたなまねはできない。

こういう警戒の気持と、平生の温和な、誰にも礼の正しい彼のひとがらに少しずつひきつけられ、信頼するようすがあきらかになった。

二本松の出来事はもみ消された。十五六人と一人の決闘で、表沙汰（おもてざた）になればかれらは唯（ただ）では済まないだろう。益山は崖（がけ）から墜（お）ちて腕を挫（くじ）いた。そういう話がちょっと耳にはいっただけで、やかましい評判は立たずに済んだ。

もちろん立会った人間が多いから、すべてが闇（やみ）に葬（ほうむ）られるわけはない、事実はかなりひろく知られていたとみえ、魚釣りにいったとき津田庄左衛門から注意された。

「このあいだ二本松の話をちょっと聞きましたが、そこまでゆかずに、なんとかする法はなかったものですかな」

「——私もいろいろ考えたのですが」

「これでよくなる一面もあろうが、いっそう悪い反面が出て来ると思う、……だいたい刀を抜きたがるような人間は野蛮で愚昧ときまっているので、そこがまた始末に困るのだが、力で負けると次には卑劣な報復をしたがるものですからな」

「――けれども若い者のようすがだいぶ変ってきましたし、役所でもかなり仕事がしやすくなりました」

「慥かにそうのようですな、初めて貴方のねうちがわかったという声もだいぶ聞くようです、だがどうもそこがむずかしいと思うのですよ、貴方に人望が集まってゆくとすると負けた人間はさらに陰険になりそうで……」

すっかり量の減った水は、川底の石の数もよめるほど澄み徹り、いかにも冷たそうに冬の空をうつしている。瀬の音も、老人の呟きのように静かで、両岸の雑木林は、すっかり裸になっていた。

津田は暫く黙っていたが、ふと、にこやかな表情になって、話を変えた。

「ときに、お家のほうはうまくいっているそうで、ようございましたな」

「やあどうも、そんなことまでお耳にはいっては」

「いや気にかかっていたものですからな、しかし失礼ですが感服しましたよ、庫田でも萩原でも云っているのですが、このごろはまるで人違いがしたようだそうで、――控えめな、しっとりしたひとになったという、どうかすると顔を赤らめたりなさるそうで、ときどきびっくりすると云っておりました」

玄一郎は返辞に困って苦笑するばかりだった。

「津田さんは庫田とお知り合なんですか」

「さよう、――まあひところはかなり近しくしていました、このところずっと出仕隠居というかたちで、……誰といって親しい往来は致しませんが、ときに呼ばれたりするものですからな、まあ昔のよしみというわけでしょうが」

「しかしどうしてそんな、出仕隠居などといってひきこもっていらっしゃるんですか」

津田は暫く黙っていた。そうしてやがて溜息(ためいき)をつくように云(い)った。

「――私は悔いの多い人間ですから」

玄一郎は胸がしんとなるように思った。津田庄左衛門のことは断片的に聞いていた、いつか自分でも云っていたとおり、津田家はずっと家老格であったのを、庄左衛門が若いころ放蕩(ほうとう)していろいろ失敗したため、寄合席へ下げられたのだという。子供が一人あったのだが、十七歳のとき死なれ、そのあとで入れた養子とはずっと別居のままであった。そして養子夫婦に子が生れると、まもなく籍を分けて別家させてしまった。

――自分のような者を親にもっていては、ゆくさき邪魔になることもあろうから。

こう人に述懐したそうである。津田家は自分の代で絶えてもよいと思っているらしい。そんなに思いきるほどの過去があるのだろうか、それとも津田そのひとの気質で、放蕩享楽のはて厭世的になったものだろうか。玄一郎にはどちらとも判断はつかなかった。

——なにまだ油断はならない、おちつき澄ましたあの軀の中には昔の火がくすぶっている、いつ燃えだすかもしれたものではない。

そういう評をする者もある。その点も玄一郎には否とは云えなかった。人間は環境と条件によって、いつどう変るかわからないものである。棺の蓋をするまで批判はできない、玄一郎はこういうふうに見ていたのである。

藩主敦信が寺社奉行に任ぜられたという、正式の披露があったのは十月下旬で、国許でも城中で祝宴が催された。

そして月を越すとすぐ、玄一郎の身の上にとつぜん大事が起こった。或る日、役所にいると、家老職から呼ばれ、いってみると城代家老を除く全部の重臣が揃っていた。あとでわかったのだが、その審問は初めから次席家老の采配だという、事の内容としては当然城代家老の指図をまつべきなのだが、玄一郎とは女婿という関係にあるので、和泉へは了解を求めただけであるということだった。

列席している重臣の数と、その場の緊張した空気をみて、玄一郎はなにか起こったなと直感した。——上座の中央を避けて坐った益山税所は、いつもの煮えきらない暢びりした人に似合わずかなり貫禄のあるおちついた態度をみせていた。

「城代家老に代って問い糺すことがある」

益山税所はこうきりだした。

「そこもとは浪花屋の手代、嘉平なる者と昵懇であると聞くが、事実であるかどうか」

「――私には近づきはございません」

「浪花屋は大阪に本店のある材木商、当地はその出店であって、数年まえより御山の一手御用を願い出ておった、そこもとはさきごろから手代嘉平と往来し、旗亭などでしばしば会食するという、現にその場を見た者もあるのだが」

「――おそらく人違いでございましょう」

玄一郎はこう答えた。浪花屋などという店のあることも知らなかった。手代の名などはいま聞くのが初めてである、いったいなにを勘違いしているのかと思った。

「それでは済まぬのだ」

税所は手にした紙を膝に置きながら云った。

「――そこもとが手代と会食し、密談するようすを見た者がある、現にその証人がいるのだ」

「では証人に会わせて頂きましょう」

「必要があれば会わせよう、だがそれよりも動かぬ証拠がある」

こう云って、税所は手にしていた紙をひらき、両端を持って表をこちらへ向けた。

「そこから読めるであろう、どうか」

玄一郎はひと膝すすんだ。それは証書であった。領内にある碇山の檜の一部を払い下げる、代価として五百両受取ったという文面で、玄一郎の署名と勘定奉行の役印が捺してある、宛名は浪花屋嘉平となっていた。

——ああいけない、そうか。

玄一郎は声をあげそうになった。津田に云われたことを思いだしたのである、卑劣な報復をやりかねない、——まさかと思ったが、早くもそれが事実となって現われたのだ。

「この署名、奉行職の判、まぎれはないと思うがどうか」

玄一郎は答えられなかった。自分ではまったく知らない、もともと企まれたことである。署名の字も似せてあるが、鑑識のある者が見れば擬署ということはわかるだろう。だが奉行所の役印はほんものである。誰かが盗んで捺したのだろうが、事実の反証がない限り弁明はならない。

浪花屋の手代なる者と会食し、密談するのを見たという証人、その人間が慥かに見たと主張したばあいにもはっきり否定するだけの材料がない。

事はかなり周到に計画されている、いまここでへたなことを云ってはいけない、玄一郎はそう肚をきめた。

「この証書に覚えがあるかどうか」

「——唯今はお答えがなりかねます」

「なぜ返答ができないのか」

「――唯今はお答えができません」

税所は、さもあろうという顔をした。

「よろしい、それを返答と認める」

そう云って列席の人々を見まわしてから、勘定奉行笈川玄一郎は汚職の疑いがあるので、審理ちゅう城内へ謹慎を命ずる、そういう意味の申し渡しをした。

玄一郎はその場で脇差を取られ、袴もぬがされたうえ、本丸下の巽櫓の階上へ押込められた。

これも意外である、謀逆とでもいうならべつだが、仮にも奉行職にある者を汚職の嫌疑ぐらいで城内押込めという法はない。抗議すればできた。法制からいえば重職の席にある者を、職も解かずに檻禁することはできないのである。

だが玄一郎は抗議をしなかった。いかに巧みに計画されても、根のない謀略である限りどこかに隙がある筈だ。ここはするままにされて、こっちの執るべき手段をよく考えてもいい、そう思ったのである。

櫓番のほかに階下へ三人、階上へ二人の看視が付いた。古畳が一帖あるだけで、あとは板敷だし、階段口と矢狭間から風がはいるからひどく寒い。

禅堂へこもったと思えばいい。

玄一郎はおちついた気持で、古畳の上に坐りとおし、夜は着たまま横になった、夜具に類する物はなにもないし、もちろん火の気もない。

看視の者は交代であるが、それでも堪らないとみえて、すぐ立っては階下へ暖まりにいった。もっともひどいのは夜半から明け方の寒さで、この時間はとうてい眠ることができず、立っても居ても、それこそ骨の髄まで凍るかと思った。

三日めの夜半、玄一郎は自分の執るべき手段をきめた。それは汚職の罪に服するということである。重職に対する裁断は藩主の許しがなくてはできない、この始末が江戸へ報告されれば敦信はそのままにはしておかぬであろう。関係者を江戸へ呼ぶか、少なくとも江戸から誰かよこすに違いない。

――じたばたするよりそのほうが早い。

覚悟をきめて、四日めの朝、玄一郎は次席家老への面談を求めた。

十一

次席家老に会って話したいという、玄一郎の求めは拒まれた。その必要がないというのである。取次いだのは看視の一人であるが、重役詰所は人の出入りがあわただしく、益山税所は特に多忙のようにみえたと告げた。

──なにか起こったに違いない、ことによると和泉へ累が及ぶのではないか。玄一郎は不安になり、津田の言葉がまた新しく思いだされた。すぐ刀を抜きたがるような者は野蛮で愚昧だ。力で負けるとどんな卑劣なことをするかもわからない。かれらは玄一郎に松尾をめあわせたことで、和泉をも憎んでいるかもしれない。そうすれば巻添えにする危険は充分にある。

──そんなことになったら松尾は……。

玄一郎は息苦しくなり、身の置場のないような焦燥に駆られた。

だがそのときはもう、実は局面は変っていたのである。午後になると家老職から人が来て、御城代が呼ばれると伝えた。

玄一郎は聞き誤ったと思った。しかしともかくも本丸へゆくと、袴を出され、脇差を戻された。

「呼ばれたのは益山殿でしょうね」

こうきくと、係りの者はけげんそうな顔をした。

「いえ御城代の和泉さままでです」

それから黒書院へいった。

そこには重臣が並んでいたが、益山税所の姿はみえず、上座には和泉図書助がいた。酒好きの肥えたこの老人は、赭黒い顔の頰が垂れ、眼袋ができていた、ちょっと見ると好々爺にみえるが、細い眼の底には相当するどい光りがあり、悪くいえば狡猾、ひいきめにみても老獪という感じはまぬかれない。

松尾を娶って以来、まわりに遠慮する意味もあって、私的には殆ど往来していないが、いまその席に図書助を見ることは嬉しかった。

益山税所に代って和泉図書助がそこにいることは、明らかに事態が変ったことを示すものだ。玄一郎は緊張していた全身の凝が、こころよく解けてゆくような思いで座についた。

「――お声代りである」

図書助が云った。藩主に代るということで、玄一郎は両手をついた。

「そのほう勘定奉行の職にありながら、責任重き役印をなおざりに致し候こと怠慢に候、よって七日間、居宅において謹慎致すべく、右、申付候――」

声代りと云ったが藩主の名ではなく、城代家老ほかに重臣たちの副署だけである。これにも不服を云えば、云えた。正式に江戸へ裁決を乞えば、せいぜいのところ「軽く叱りおく」程度のことだろう。謹慎七日は重すぎる。だが玄一郎はこれも黙ってお受けをした。

――この申し渡しにはなにかふりあいがあるに違いない。

こう考えたので、黒書院をさがるといちど役所へ寄り、支配と事務のうちあわせをして、すぐに下城した。

帰ることは知っていたとみえて、松尾はそれほど驚かなかったが、玄一郎のほうで、妻があまり憔悴（しょうすい）しているのにびっくりした。顔色も悪いし頰のあたりがこけて、充血した眼がおちくぼんでいた。

刀を受取って、いっしょに居間へ来ると、松尾は崩れるように彼の胸へ縋（すが）りつきそのまま激しく嗚咽（おえつ）した。

「心配したんだね、済まなかった」

「――あなた」

「もういいんだ、話は聞いたのだろう」

「はい、――母がまいりまして」

玄一郎は妻の肩を抱いた。

「家で七日の謹慎だ、悠（ゆっ）くり休めるよ」

風呂（ふろ）から出ると酒の支度がしてあった。良人（おっと）を見て安心したのだろう。松尾の頰にいきいきと血がのぼり、身ぶりやまなざしにも、無意識のなまめいたしながあらわれた。

「こんどの事でなにか聞かなかったか」

「詳しいことは存じませんけれど、母の話ですとお作事奉行の津田さまがなすったということでございます」

「――津田、……作事奉行の――」

玄一郎の持っている盃から酒がこぼれた。彼はそれには気づかず、大きくみひらいた眼で妻を見た。

「――まさか、まさかあの人が」

「ほかにも御家老の益山さまの甥に当る方や、三次とか上原とか、そのほか合わせて五人も、若い方たちが共謀なすったとうかがいました」

「――信じかねる、どう考えたって」

「でも津田さまはすっかり自白をなすったそうですわ、すべての指図をし、御自分が奉行所の御判をお捺しになったのですって、母から聞いたのはそれだけですけれど、――浪花屋とか申す商人ともつきあわせて、もうまちがいはないということに定ったそうでございます」

玄一郎は盃を措き、しんと眼をつむった。

十二

七日の謹慎が終って登城したとき、始終のことがはっきりわかった。

津田庄左衛門が主謀者で、益山郁之助以下五人の青年たちがやったのだという。浪花屋はずっとまえから、――領内の材木を一手に扱いたいため、御山御用の許しを得ようとしてしきりに奔走していた。そこを利用したわけで、津田が勘定奉行の役印を盗んで捺し、碇山の檜の一部を伐り出す許可証を作った。

津田の自白によると、碇山からそのくらい伐り出したところで、奉行の許可証があれば山役人も疑うまいし、世間へ知れることもあるまいと思ったようである。

浪花屋の手代はすぐに園部村の山役詰所へゆき、許可証を示して伐り出しにかかる旨を述べた。詰所の役人たちはなんの疑いももたなかったが、そのなかの一人が城へ用事で来たとき、益山税所にふとその話をした。それが発覚のもとになったのである。

玄一郎に嫌疑のかかったのは、許可証の件だけではなく、召喚された浪花屋の手代が、玄一郎としばしば会食し、直接この許可証を取ったと申し述べたためである。

これは益山郁之助らの詐謀であって、実はかれらの仲間の吉川左次馬なる者を、勘定奉行に仕立てたので、手代とつきあわせた結果、すぐにわかった。

玄一郎が城内押込めになった二日後、津田庄左衛門が和泉図書助の私邸へいって自訴した。そうして益山、上原、三次の名が出、さらに吉川左次馬、中野市之丞というふうに、つぎつぎと連類が挙げられたということだ。

浪花屋から渡された金は、少し手をつけただけで、殆んどそのまま三次軍兵衛の住居から出た。津田庄左衛門以下六人は住宅檻禁となり、次席家老は責をひいて職を辞した。

この出来事は、玄一郎にかなり大きい衝動を与えた。彼は津田を買いかぶりはしなかったがそんなことをする人とも思わなかった。若いころ放蕩者だったという理由で、藩中には津田がまだなにをしだすかわからないという評もある。

事実そういう例は少なくない、若いころの歓楽の思い出が、老年の血を激しく燃え立たせて、みぐるしい失態をするようなことはよくある。

——だがそのためにあんな卑しい事のできる人とは思えない、……もし事実だとすれば、おれにはあらゆる人間が信じられなくなる。

玄一郎にはそこがどうしても割切れず、深い傷のように心に残った。

事件の始末は江戸へ報告されたが、その裁決より先に、敦信から「歳出切下げ」に関する墨付が来た。

禍いが福になったといおうか、国許ではこの出来事が負債になったかたちで、はたしてこの状態を続けてゆけるかどうか、そこはまだ疑わしいと思うけれども、とにかくこの変化には希望をもってよい、相当なところまでゆけるということを玄一郎はみてとった。

三月中旬に新しい作事奉行として、八木隼人が赴任して来た。続いて大目付の沢田貞蔵が、事件に対する敦信の裁決をもたらし、関係者の罪科が定った。

津田庄左衛門　家禄召上げ放国。

吉川左次馬　右に同じ。

益山、三次、上原、そして中野市之丞らは食禄を削られたうえ、それぞれの親族へ永の預けとなった。津田は主謀者であり、吉川は勘定奉行を詐称したことで罪が重かったのだろう。

玄一郎は津田といちど会いたかった。せめて退国するときにでもと考えていたが、やっぱり会わないほうがいいと思い、津田と吉川の追放される日には、八木隼人と二人で望水楼へゆき、久方ぶりにくつろいで飲んだ。

「やったね、たいした度胸だ」

八木は赴任して来たとき云ったことを、また繰り返した。玄一郎が江戸を立つまえ、自分がさんざんおどかしたので、ちょっとひっこみがつかないという顔である。

「風あたりは強いが、辛抱する、そういう手紙が来たろう、あのときみんなで帰って来るぞと話していたんだ、井部や萩原はいつ帰るかということで賭けていたよ」

「――帰りゃしないさ、初めから覚悟していたんだ」

「嫁を貰ったと聞いてあっと思った。ことによると居据るぞという気がしてさ、それからあの決闘の話で肚がよめたんだ、こいつしてやられたよと云って、あのときはわれわれ三人で先輩として大いに飲んだね」

玄一郎は、黙って苦笑していた。笑いながら、萩原のくめをこの男にひきあわせ、結婚するようにはこんでやろうと考えた。

「決闘の相手は十人以上だったというが、いったいそれだけを相手にしてやれるものなのかね」

「それより嫁を貰わないか、おとなしくて縹緻よしの娘がいるんだ、家柄も悪くない、少し年はいってるが——」

「笈川のお余りというのはいやだぜ」

八木隼人は、まんざらでもなさそうにこう云って笑った。来るときは雨だったが、黄昏ちかくきれいにあがったので、それをしおに二人は望水楼を出た。

そこは由利川に面した丘のふところで、城下町とはちょっと離れている。先代の伊賀守が隠棲するつもりで建てたのを、気にいりの庖丁人に与えたのだという。

いまわりも閑静だし、道の途中も林や野の眺めが美しかった。二人は話しながら歩いていったが、道が松林の中へはいったとき、いきなりその前へ五人の者がとびだして来た。

「笈川玄一郎、今日はのがさんぞ」

こう叫んだのは益山郁之助である。三次、上原、吉川、中野たち、みんな厳重な身拵えで、どうやら脱藩するつもりらしい、そのゆきがけの駄賃に意趣をはらそうというのだろう。

「いや大丈夫だ。八木、見ていろ」

玄一郎はおちついた声で、五人の者に眼をくばりながら袴の股立をとり、下緒で襷をかけつつ八木隼人に向ってこう云った。

「さっきの返辞をするが、二本松で立合ったのは一人さ、幾らおれだって十五六人いっぺんというわけにはいかない、――今日は五人だが、このくらいならいけるだろう、二本松では命はとりたくなかったからね」

益山郁之助は、右手の骨が折れている筈だ。見たところは変らないが、おそらく充分に刀は捌けまい。

あとの四人は二本松でもしりごみをしたくらいで、今日はおそらく多数をたのみにして来たものだろう。まちがっても負けるようなことはないと思った。

「口に戸は立たない、云いたいだけ云え、よかったらいくぞ」

益山が罵るように叫んで、刀を抜いた、あとの四人も刀を抜きながら左右へひらいた。

八木隼人はうしろへ退り、だがもし危険なら出るつもりで、ひそかに刀の鯉口を切った。

左側の松林はやや疎らで、下草のぐあいもよさそうにみえる、玄一郎は不利になったらそこへかれらをひき込もうと思った。

「右を押せ上原、右だ」

益山が叫んだ、上原十馬が右へまわろうとする、玄一郎が逆に、左の端にいる三次軍兵衛を覗って空打を入れた。

その動作で上原をたぐり込もうとしたのである。しかしその刹那左側の松林の中で銃声が起こり、玄一郎の軀ががくっと大きく傾向いた。

八木隼人があっと叫び、刀を抜いてとびだして来た。玄一郎は左足を曲げたまま、

「林の中をたのむ、こっちは大丈夫だ」

こう云って頭を振った。弾丸は太腿に当った、しかし五人に向けた身構えは少しも変らず、切尖さがりの刀はかれらを身動きもさせなかった。

「――残念だが逃がした」

林の中から八木の声が聞えた。

「――しかしもう邪魔はないぞ」

益山郁之助は、じりじり詰め寄って来た。両手で持った刀を腹につけ、斬られながら突こうとするらしい、このまえと同じ手であるが、こんどはまず斬られる覚悟で、じりじりと一寸刻みに詰め寄って来る。それは凄愴そのものという感じであった。

玄一郎は左足が動かない、どのくらいの傷かわからないが、膝から下が痺れて、まだ痛みもないが知覚もなかった。

益山は六七尺まで接近した。そして、そこから軀を叩きつけるように突っ込んだ。玄一郎の軀が右足を中心にして僅かにまわり、ぎゃという悲鳴と共に益山が転倒した。刀

は見えなかった。同時に右横から上原十馬が斬りつけたのであるが、刀を打落されてのめると、そのまま松林の中へとびこんでいった。

ひっ返すかと思ったが逃げたので、あとの三人もそれに続いてばらばら逃げだした。

「おうい、仲間を捨ててゆくのか」

八木隼人はこうどなりながら、刀を持ったまま近寄って来た。

「こいつはどうした、斬ったのか」

「脾腹を当てたんだが、肋骨が折れたかもしれない。——よく骨を折らせるやつだ」

こう云いながら、玄一郎もふらふらとそこへ腰をおとしてしまった。

弾丸は横から太腿を貫通して、骨には当らないが筋を切っていた。益山郁之助は二人が去ったあとそこで自殺し、ほかの四人は出奔したので、身柄を預かった親族はそれぞれ咎めを受けた。

鉄砲を射った者はわからなかったが、あまり評判が高く詮議が厳しくなりそうなので、自分で怖れをなして行方をくらました。それは玄一郎の下僚で、もと益山に使われていた安倍又二郎という若者であった。

玄一郎は傷が膿んだりして、それから夏いっぱい休み、ようやく治って、起きられるようになったときは、もう秋風が立ちはじめていた。

十三

かさねがさね国許の者が迷惑をかけたという意味だろう、病中は和泉図書助はじめ重臣老職の人々がだいぶみまいに来たし、全快したと聞くと、祝いの挨拶や贈り物がいろいろ届けられた。

「すっかりにんき者におなりになって」

松尾は贈り物の多いのにびっくりした。幾らか嫉妬めいた気持を唆られたようすで、すねたようなしおのある顔で良人を睨んだ。

「これから夫人がたのお招きにはわたくし必ず伴れていって頂きましてよ」

「——びっこでもよければね」

「仰しゃいまし、ちょっと足を曳いてお歩きになる姿はずいぶん伊達でございますわ、御自分でもそう思っていらっしゃるのじゃございませんの」

「——悪い口だな、からかってはいけない」

敦信から十月まで休めという沙汰があった。すっかり治ったものの、切れた筋がだめで、少し左足を曳かなければ歩けない。それに馴れるためもあって、玄一郎は十月いっぱい休むことにした。

贈り物をされた向きへは、少しまをおいて松尾を返礼にまわらせた。この土地ではそういうばあい、妻が代理をしても不作法ではないのである。

庫田へは自分がゆくつもりだったが、いちおう妻をやった。ほんのひと跨ぎのところなので、すぐ帰る筈がなかなか帰らない。和泉へでもまわったかと思っていると、やがて戻った松尾のようすがおかしかった。

泣いたような眼をして、挨拶をするとすぐ立ってゆこうとする。庫田でなにかあったと思い、

「ちょっとお待ち、どうかしたのか」

と呼び止めた。松尾は明らかに狼狽した。だがしいて笑顔になり、ちょっと気分が悪いからと云って、逃げるように自分の居間へ去った。

なにかあったことは慥かである。庫田で松尾の泣くような問題が出ようとは思えないが、彼の存在はかなり複雑だから、思いがけないところへ予想外の波が立ちかねない。おちついたらよくきいてみよう、玄一郎はこう考えた。するとその夜、もう寝所へはいるころになって、松尾がひと揃えの釣り道具を、居間の廊下まで持って来た。

「これをごらんになって下さいまし」

「――妙な物を持ちだしたな」

「御病気中に庫田さまから頂きましたの」

「――病中って、……寝ているときか」

「お床上げのまえでございます」

玄一郎はこちらへと云って、松尾の持って来たのを取り竿や魚籠や餌箱などを見た。継ぎ竿が三本、魚籠にも餌箱にもどこかで見た記憶がある。

「頂いたときすぐごらんにいれなければいけなかったのですけれど、なんですか不吉なことが起こるように思われまして、どうしても申上げる気持になれませんでしたの、勝手なことを致して申しわけがございません。どうぞおゆるし下さいませ」

「――詫びるほどのことじゃあないが、しかし不吉なことが起こるというのは」

云いかけて玄一郎はふと竿を見なおした。覚えがある。その竿にも、竿の主にも、――彼は道具をそっと押しやり、言葉に詰ったような感じで、暫く黙っていた。

「――これは津田という人の持物だった」

「庫田さまもそう仰しゃってでした、あの方からあなたへかたみにと云って頼まれたそうでございますの、……あなたがこんなおけがをなすったのも、申せばあの方から出たことですし、わたくしどうしてもごらんにいれる気になれませんでしたの」

「――泣くことはない、それでよかったんだよ」

「いいえ、よくはございませんの、それで済まなかったのです、そのときすぐごらんにいれて、よろこんで頂かなければならなかったのでございますわ」

なにか仔細ありげな口ぶりである。玄一郎は黙って妻を見た。松尾は涙を拭き、ふるえる声で静かに云った。

「あなたにはお聞かせしてはならない、黙っているように庫田さまから固くお口止めをされましたけれど、どう考えましても申上げずにはいられません、——口止めをされたということをお含みのうえで、聞いて頂けますでしょうか」

「——云ってごらん」

「今日はじめて庫田さまがうちあけて下さいました、津田さまは、あの事件にはなんの関係もなかった、ただあなたの危難をお救いするために、御自分が主謀者だといって自訴なすったということです」

玄一郎にはすぐには納得がいかなかった。

松尾の話を要約すると、彼が城内押込めになった始終を聞いて、津田庄左衛門はすぐに浪花屋の手代と会い、それが益山たちの企みであることを察した。事件そのものは単純である。しかし益山たちには土地に多くの背景があるから、玄一郎に罪が及ばないとしても、相当ごたごたし紛糾が起ることはまちがいない。

ことに問題になるのは伐り出し許可の証書であって、奉行所の役印が捺されている点、どうしても玄一郎の責任はまぬがれないだろう。そこで津田は主謀者となのり、証書は自分が作り、役印も自分が盗んで捺したと自訴したのである。

初めから見当をつけたとおり、益山、上原、三次の名をあげたが、和泉図書助の巧みな計らいで、ふいに浪花屋の手代とつきあわせ、案外なくらい簡単に計画が露顕したという。

「――しかし、もしそれが事実とすれば」

玄一郎には、まだなにか解しかねる気持であった。

「――それが事実だとわかっているなら、津田さんを罪にすることは避けられた筈ではないか、裁決までもってゆくためにやむを得なかったのかもしれない、だがそれにしてもなにか方法がある筈じゃないか」

「この仔細を御存じなのは庫田さまお一人でございますの、ほかには誰も知ってはおりません、あの方は罪をお避けにはなりませんでした、――あなたのために、よろこんでお立退きになったそうでございます」

「――おれのために……」

「あの方は、津田さまは、あなたの実のお父さまでいらっしゃいますって」

玄一郎は息をひそめた。ひじょうに不愉快なことを聞いた感じで、――なにをばかなと思い、脇へ眼をそむけた。

「津田さまがおさかんなころ、或る家のお嬢さまと恋仲になり、あなたがお生れになった、あの方には奥さまも御長男もいらっしゃったので、庫田さまに頼んで、あなたを笈川家へお遣りになったそうですの、——そのときはなんとも思わず、すぐ忘れておしまいになった、そうして奥さまが亡くなり、御長男に先立たれてから、ようやく、……初めてあなたのことを思いだし、あなたを見たい、あなたを取戻したいと思うようになったそうですの」

もちろんそんなことができるわけはない。庄左衛門は自分の過失の重さを知った、血を分けたおのれの子を、物でもくれるように他人へ遣った。

邪魔だったから、そうしなければ都合が悪かったから、親子の情などは感じもせず、些かのみれんもなく遣ってしまったのである。……それが人間を侮辱し、冒瀆するものだということを年が経つにつれてわかってきた。

「あなたがこちらへいらして、御自分のお子だとわかってから、あの方は毎日毎日、むかしの罪ほろぼしをしたい、あなたのためになにかしてさしあげたい、そう考えていらしたそうですの、——そして幸か不幸か、そのときが来たのですわ、……あの方はよろこんで、本当によろこんで、自分の罪ほろぼしをなすったのですわ」

玄一郎は、なにも云わなかった。松尾はこみあげてくる嗚咽に歯をくいしめ、喘ぐような調子でこう続けた。

「あなた、わかってあげて下さいまし、お父さまのお気持を、すなおに受けてあげて下さいまし」

だが玄一郎はやはりなにも云わず、苦痛を耐えるもののように眉をしかめて、暗い庭のあたりをじっと見まもっていた。

十月になって或る日、玄一郎は一人で柳瀬の淵で釣り糸を垂れていた。

よく晴れた風のない午後で、淵いっぱいに日が溜まり、うっかりすると眠くなるほど暖かかった。

岸の上の雑木林では、頬白や鶫がしきりに鳴き交わし、枝を渡るたびにばらばらと枯葉を散らした。

玄一郎は手に持った釣り竿を見ていた。

——私は笈川さんを知っていました、温厚な、仁義の篤い、まことにいいお人でしたな。

いつかの津田の穏やかな、淡々とした話しぶりが思いだされた。

——叱られたり折檻されたことがおありですか。

玄一郎は、眼をつむる。実の親が子を思いやる言葉だった。叱られたり折檻されたりしたのではないか、辛い悲しいことはなかったか。

劬りかき抱く思いの、問いかけだったのである。そのとき自分はなんと答えたか、自分ではもうよく思いだせない。しかし津田が安心し頷いた表情は記憶に残っていた。

——私は悔いの多い人間ですから。

溜息をついて、さりげなく云った声が、いま玄一郎の耳にまざまざと聞えるようだ。彼は眼をあげて空をふり仰いだ。青く澄みあがった高みに、爽やかにながれた白い雲があった。

「——お父さま」

彼は、そっと口の内で、つぶやいた。

「——お父さま」

玄一郎の頰を、涙がこぼれおちた。

解説

細谷正充

本書『おやこ』は、二〇一七年より朝日文庫から刊行している時代小説アンソロジーの第三弾だ。第一弾『情に泣く』のテーマが〝人情・市井〟、第二弾の『悲恋』のテーマが〝思慕・恋情〟だったのに対して今回は〝親子〟である。またもやオーソドックスなテーマだが、その分、作品を厳選したつもりだ。収録したベテラン作家の七篇を、大いに堪能していただきたい。

「つるつる」池波正太郎

曲折のある人生を通じて、人間の生き方を見つめる。時代小説のみならず、数多くのジャンルで定番になっている、物語のスタイルだ。だが、本作の主人公の場合は、曲折の原因が大いに変わっている。なんと現代でいうところの円形脱毛症なのだ。さすがは池波正太郎というべきか。この抜群のアイディアに感心し、一気に物語の世界に引き込まれるのだ。

信州上田藩の矢島市之助は、若君の松平幸之進の学友に選ばれた、将来有望な若者だ。

しかし十代にして、円形脱毛症になってしまった。しかもそれを若君に馬鹿にされたことで爆発。若君を殴ってしまい、生涯妻帯を許さずと申し渡され、家に逼塞（ひっそく）することになる。このことで母親は寝込んでしまい、数ヶ月後に病没。だが父親の与右衛門は、「ようやった」と褒め、以後もなにかと息子のことを気にかける。そんな父親の思いに感謝する市之助だが、あれこれあって、ついに藩を出奔してしまうのだった。

　市之助が感情を爆発させる場面は痛快であり、歳月を経た終盤の場面は爽快だ。そしてそれを彩るのが、与右衛門と市之助の親子の絆である。突然の不幸によって将来を閉ざされた息子に対する愛情。これに感謝する息子の気持ち。父と子の確かな絆が、本作を逸品にしているのである。

　なお作者には、本作を原型にした長篇『男振』がある。どのようにストーリーを膨らませているのか、読み比べてみるのも一興だろう。

「二輪草」梶よう子
　本作は、小石川御薬園同心の水上草介を主人公にした、シリーズの一篇である。草花が好きで、ちょっと草食系男子の草介だが、聡明な頭脳と温かな心を持っている。そうしたキャラクターの美質が、遺憾なく発揮された作品といっていい。
　それにしても作者の語りが巧みだ。冒頭の草介と千歳の会話で、養生所に入った近藤左門という浪人と、その息子の平太を紹介。続けて、御薬園のトリカブトが抜かれていることが発覚する。誰が何の目的でトリカブトを抜いたのか。すぐさま真相を見抜いた草介は、事態を丸く収めるように行動する。

ミステリーとしても読めるので、これ以上は詳しく書かない。ただ、親子の絆は切っても切れないからこそ、時に疲れることもあるといっておこう。親子の関係を鋭く剔抉しながら、優しい物語に仕立てた、作者の手腕が光っている。

「仲蔵とその母」杉本苑子

中村仲蔵といえば、歌舞伎の名跡として知られている。本作は、その初代仲蔵の半生を、養母のお俊の視点で綴った物語だ。ストーリーはお俊が、万蔵という可愛らしい子供を見かけて、養子にするところから始まる。お俊の夫は、有名な長唄うたいの中山小十郎。当然、万蔵を小十郎の跡継ぎにしようとするが、音痴でままならぬ。だが、踊りの才能があった。悪戯ばかりする万蔵に手を焼きながら、お俊は彼を役者にしようとする。

以後、浮き沈みの激しい人生を歩みながら、仲蔵になった万蔵が大成するまでが活写されていく。下積み役者の陰惨な虐めなど、読みどころは多いが、やはり注目すべきはお俊の心の動きである。息子を愛する一方、憎しみめいた感情を抱く。さらに血の繋がりのないことが、彼女の心を複雑なものにしている。稀代の役者を育てた母親の肖像を、作者は峻烈に描破してのけたのだ。

「木戸前のあの子」竹田真砂子

親子の絆は強いが、切れるときは簡単に切れる。本作の主人公の三次が、いい例だろう。役者になれず、市村座の木戸芸者（呼び込み役）をしている三次。三月前から木戸前に来ている少女が気になっていた。おつねという名前を聞きだし、なにかと話をするようになる。三次がそんなことをする根っ子には、いつのまにか仲違いをしていた娘のおきわへの想いがあった。

小さい頃から父親を慕っていたおきわが、成長するに従い三次を嫌っていくエピソードは、よくある父と娘の関係とはいえ切ない。もっとも話が進むと、娘の反抗期というだけでなく、三次にも責任があることが分かってくる。このあたりのストーリー運びは、さすがというしかない。

さらに、娘に対する代償行為にも似たおつねへの行動が、ラストで小さいが、たしかな幸せ空間を作り出す。疑似的な親子関係でもいいじゃないか。寄る辺なき三次とおつねの、刹那の絆に胸が熱くなるのだ。

「はじめての」畠中恵

作者の「しゃばけ」シリーズについては、あらためて説明することもないだろう。妖怪時代小説ブームに大きく寄与した人気作だ。本作はその一篇だが、ちょっと時代を遡り、廻船問屋兼薬種問屋「長崎屋」の跡取り息子で、生まれついての虚弱体質の一太郎が、十二歳のときにかかわった騒動が描かれている。

馴染みの岡っ引きである日限の親分が、お沙衣という娘を長崎屋に連れてきた。お沙衣によると、古田昌玄という目医者が、怪しい話を騒ぎ立てているとのこと。しかも彼女の母親のおたつが、悪い目を治すため、昌玄の話を信じてしまったのだ。昌玄の話が詐欺ではないかと疑う一太郎は、病身をおして動き出す。

シリーズの設定を生かして妖怪を使った、昌玄の一件の着地点が面白い。また、おたつとお沙衣の母娘の関係性にも工夫がある。ああ、こういう親子は、現代でもそれなりに見かける。だからこそお沙衣の選択を応援したくなる。柔らかく書いているようで、母娘の関係を見つめる作者の視線はシビアだ。そこも本作の読みどころなのである。

「泣き笑い」山本一力

深川の子供の間で、今年の春から妙な遊びが流行った。今でいうところの、トレーディング・カードである。七歳になる金太も、この遊びに夢中になっている。そのためか、友達の絵札を盗んでしまった。これを知って激怒した父親の清吉は、盗まれた相手の家に、金太を連れて謝りにいく。そして自分が子供の頃の、父親との関係を、あらためて思い返すのだった。

親子や家族の人情を描く作家なら、山本一力を見逃すわけにはいかない。幾つもの良品があるが、今回は本作を選んだ。荒っぽいが一本気の清吉の視点による騒動の顚末。そこに清吉自身の子供の頃の思い出が重なることで、親子の関係が重奏となって語られていく。子供を真っすぐに叱れる親の姿は頼もしく、親子の綾を鮮やかに表現するストーリーが素晴らしい。子供時代に、悪いことをやって親に叱られたことのある人なら、本作を読んで懐かしい気持ちになるだろう。

「いさましい話」山本周五郎

藩政改革に力を入れる藩主の命により、勘定奉行に就任した笈川玄一郎は、江戸表から国元に下った。だが国元の弊風を刷新しようと努力しても、はかばかしい成果が得られない。そんな玄一郎の心の支えになっているのが、偶然知り合った作事奉行・津田庄左衛門との交誼(こうぎ)であった。反発する藩士との決闘などの〝いさましい〟活躍を通じて、しだいに国元で認められていく玄一郎。だが、彼を疎ましく思う一派の罠に嵌(はま)ってしまった。はたして玄一郎の運命は……。

と、粗筋を抜き出すと、どこが親子の物語かと思う人がいるかもしれない。しかし本作は、いさましい話の陰で、親子の話が進行しているのである。そのことが明らかになるラストで、熱い感動がこみ上げてくる。本書の掉尾(ちょうび)を飾るに相応(ふさわ)しい秀作なのだ。

現代の日本は、昔に比べると親子の絆が希薄になっている。しかし希薄だからこそ、それを求める人が多いのではないだろうか。親子や家庭をテーマにした小説が、次々と上梓されている状況を考えると、そう思わずにはいられない。だからこそ本書の価値があると自負している。七つの作品を読んで、あらためて親子の関係に思いを馳せてもらえるならば、こんなに嬉しいことはない。

（ほそや　まさみつ／文芸評論家）

［底本］

池波正太郎「つるつる」（『あほうがらす』新潮文庫）

梶よう子「二輪草」（『柿のへた』集英社文庫）

杉本苑子「仲蔵とその母」（『冬の蟬』文春文庫）

竹田真砂子「木戸前のあの子」（『七代目』集英社）

畠中恵「はじめての」（『ころころろ』新潮文庫）

山本一力「泣き笑い」（『ほかげ橋夕景』文春文庫）

山本周五郎「いさましい話」（『あんちゃん』新潮文庫）

本書中には、発狂、狂人（「つるつる」）、びっこ（「いさましい話」）など、今日では差別的表現とみなすべき用語がありますが、作品の時代背景、文学性、また著者（故人）に差別を助長する意図がないことなどを考慮し、用語の改変はせずに原文通りとしました。

朝日文庫時代小説アンソロジー
おやこ

朝日文庫

2020年4月30日　第1刷発行
2023年6月30日　第5刷発行

編　　著　細谷正充
著　　者　池波正太郎　梶よう子　杉本苑子
竹田真砂子　畠中恵　山本一力
山本周五郎

発行者　宇都宮健太朗
発行所　朝日新聞出版
〒104-8011　東京都中央区築地5-3-2
電話　03-5541-8832(編集)
03-5540-7793(販売)

印刷製本　大日本印刷株式会社

ISBN978-4-02-264952-2

永井 路子
源頼朝の世界

鎌倉幕府を開いた源頼朝。その妻の北条政子と弟の北条義時……。激動の歴史と人間ドラマを描いた歴史エッセイ集。《解説・尾崎秀樹、細谷正充》

永井 路子
歴史をさわがせた女たち
日本篇

古代から江戸時代まで日本史を動かした魅力的な女性三三人を深掘り。歴史小説の第一人者による傑作歴史エッセイ集。《解説・細谷正充》

朝井 まかて
グッドバイ

長崎を舞台に、激動の幕末から明治へと駆け抜けた伝説の女商人・大浦慶の生涯を円熟の名手が描く、傑作歴史小説。《解説・斎藤美奈子》

《親鸞賞受賞作》
木内 昇
化物蠟燭（ばけものろうそく）

当代一の影絵師・富右治に持ち込まれた奇妙な依頼（「化物蠟燭」）。長屋連中が怯える若夫婦の正体（「隣の小平次」）など傑作七編。《解説・東雅夫》

あさの あつこ
花宴（はなうたげ）

武家の子女として生きる紀江に訪れた悲劇――。過酷な人生に凜として立ち向かう女性の姿を描き夫婦の意味を問う傑作時代小説。《解説・縄田一男》

梶 よう子
ことり屋おけい探鳥双紙

消えた夫の帰りを待ちながら小鳥屋を営むおけい。時折店で起こる厄介ごとをときほぐし、しなやかに生きるおけいの姿を描く。《解説・大矢博子》

宇江佐 真理
憂き世店（うきよだな）
松前藩士物語
江戸末期、お国替えのため浪人となった元松前藩士一家の裏店での貧しくも温かい暮らしを情感たっぷりに描く時代小説。《解説・長辻象平》

宇江佐 真理
うめ婆（ばあ）行状記
北町奉行同心の夫を亡くしたうめ。念願の独り暮らしを始めるが、隠し子騒動に巻き込まれてひと肌脱ぐことにするが。《解説・諸田玲子、末國善己》

宇江佐 真理
深尾くれない
深尾角馬は姦通した新妻、後妻をも斬り捨てる。やがて一人娘の不始末を知り……。孤高の剣客の壮絶な生涯を描いた長編小説。《解説・清原康正》

宇江佐 真理
富子すきすき
武家の妻、辰巳芸者、盗人の娘、花魁——。懸命に前を向いて生きる江戸の女たちの矜持を描いた傑作短編集。《解説・梶よう子、細谷正充》

宇江佐 真理
恋いちもんめ
水茶屋の娘・お初に、青物屋の跡取り息子・栄蔵との縁談が舞い込む。運命に翻弄される若い男女を描いた江戸の純愛物語。《解説・菊池 仁》

宇江佐 真理
おはぐろとんぼ
江戸人情堀物語
別れた女房への未練、養い親への恩義、きょうだいの愛憎。江戸下町の堀を舞台に、家族愛を鮮やかに描いた短編集。《解説・遠藤展子、大矢博子》

朝日文庫

宇江佐　真理
お柳、一途（りゅう　いちず）
アラミスと呼ばれた女

長崎出島で通訳として働く父から英語や仏語を習うお柳は、後の榎本武揚と出会う。男装の女性通詞の生涯を描いた感動長編。《解説・高橋敏夫》

宇江佐　真理／菊池　仁・編
酔いどれ鳶
江戸人情短編傑作選

夫婦の情愛、医師の矜持、幼い姉弟の絆……。江戸時代に生きた人々を、優しい視線で描いた珠玉の六編。初の短編ベストセレクション。

山本　一力／末國　善己・編
端午のとうふ
江戸人情短編傑作選

さまざまな職を通して描かれる市井の人間ドラマをたっぷりと。人情あり、知恵くらべあり。初期名作を含む著者初の短編ベストセレクション。

菊池仁・編／有馬美季子／志川節子／中島要／南原幹雄／松井今朝子／山田風太郎・著
吉原饗宴
朝日文庫時代小説アンソロジー

売られてきた娘を遊女にする裏稼業、身請け話に迷う花魁の矜持、死人が出る前に現れる墓番の爺など、遊郭の華やかさと闇を描いた傑作六編。

今井絵美子／宇江佐真理／梶よう子／北原亞以子／坂井希久子／平岩弓枝／村上元三／菊池仁編
江戸旨いもの尽くし
朝日文庫時代小説アンソロジー

鰯の三杯酢、里芋の田楽、のっぺい汁など素朴で旨いものが勢ぞろい！　江戸っ子の情けと絶品料理に癒される。時代小説の名手による珠玉の短編集。

朝井まかて／安住洋子／川田弥一郎／澤田瞳子／山本一力／山本周五郎／和田はつ子・著／末國善己・編
いのち
朝日文庫時代小説アンソロジー

江戸期の町医者たちと市井の人々を描く医療時代小説アンソロジー。医術とは何か。魂の癒やしとは？　時を超えて問いかける珠玉の七編。

朝日文庫

情に泣く

朝日文庫時代小説アンソロジー　人情・市井編

細谷正充・編／宇江佐真理／北原亞以子／杉本苑子／半村良／平岩弓枝／山本一力／山本周五郎・著

失踪した若君を探すため物乞いに堕ちた老藩士、家族に虐げられ娼家で金を毟られる旗本の四男坊など、名手による珠玉の物語。《解説・細谷正充》

悲恋

朝日文庫時代小説アンソロジー　思慕・恋情編

細谷正充・編／安西篤子／池波正太郎／北重人／澤田ふじ子／南條範夫／諸田玲子／山本周五郎・著

夫亡き後、舅と人目を忍ぶ生活を送る未亡人。父を斬首され、川に身投げした娘と牢屋奉行跡取りの運命の再会。名手による男女の業と悲劇を描く。

おやこ

朝日文庫時代小説アンソロジー

細谷正充・編／池波正太郎／梶よう子／杉本苑子／竹田真砂子／畠中　恵／山本一力／山本周五郎・著

養生所に入った浪人と息子の嘘「二輪草」、歌舞伎の名優を育てた養母の葛藤「仲蔵とその母」など、時代小説の名手が描く感涙の傑作短編集。

なみだ

朝日文庫時代小説アンソロジー

細谷正充・編／青山文平／宇江佐真理／西條奈加／澤田瞳子／中島　要／野口　卓／山本一力・著

貧しい娘たちの幸せを願うご隠居「松葉緑」、親子三代で営む大繁盛の菓子屋「カスドース」など、ほろりと泣けて心が温まる傑作七編。

わかれ

朝日文庫時代小説アンソロジー

細谷正充・編／朝井まかて／折口真喜子／木内　昇／北原亞以子／西條奈加／志川節子・著

武士の身分を捨て、吉野桜を造った職人の悲話「染井の桜」、下手人に仕立てられた男と老猫の友情「十市と赤」など、傑作六編を収録。

家族

朝日文庫時代小説アンソロジー

中島要／坂井希久子／志川節子／田牧大和／藤原緋沙子／和田はつ子［著］

姑との確執から離縁、別れた息子を思い続けるおつやの情愛が沁みる「雪よふれ」など六人の女性作家が描くそれぞれの家族。全作品初の書籍化。